CETTE NUIT ENNEIGÉE

AU CŒUR DES FLAMMES

J.H. CROIX

Ce livre est fictionnel. Tous noms, personnages, entreprises, lieux, évènements et incidents sont un produit de l'imagination de l'auteur ou utilisés dans un cadre fictif. Toute ressemblance à des personnes réelles, vivantes ou mortes, ou à des évènements réels est fortuite.

Copyright © 2023 J.H. Croix

Tous droits réservés.

Traduction française : Cecile Durel

Couverture par Cormar Covers

Il est interdit de reproduire ce livre ou tout extrait de ce livre que ce soit de manière électronique ou physique. Ceci inclus le stockage ou la récupération d'informations sans permission écrite de l'auteur, sauf dans le cas d'un court extrait pour une critique littéraire.

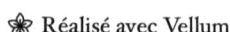 Réalisé avec Vellum

Chapitre Un

DELILAH

— Je peux m'en sortir, dis-je à personne.

Sauf si je comptais ma voiture de location et le sac que j'avais fait à la dernière minute, posé sur le siège derrière moi. Il neigeait fortement dehors, et il faisait déjà nuit. L'obscurité de ce milieu d'après-midi était un petit détail que j'avais oublié quand j'avais pris mon billet d'avion.

Le mois de décembre en Alaska sous-entendait un coucher de soleil sacrément tôt. C'était un peu différent de la Caroline du Nord dans ce domaine.

— Je peux absolument m'en sortir, dis-je en essayant de mettre un peu d'assurance dans mon ton.

Quelques minutes plus tard, tous mes encouragements internes me parurent inutiles au moment où mon SUV de location glissa sur une plaque de verglas et patina jusqu'à un petit talus sur le bord de la route.

— Merde ! Y a sans doute un ours là-dedans.

Peut-être que je me parlais un peu trop, mais c'était une vieille habitude. Malgré mon inquiétude annoncée de trouver un ours, j'étais étrangement calme. Pas encore trop secouée.

Je regardai l'heure sur tableau de bord. Il n'était même pas encore 17 h et il faisait presque complètement nuit. Dire qu'il y avait peu de voitures sur la route était un euphémisme. Je n'avais pas vu plus de dix voitures depuis que j'avais quitté l'aéroport d'Anchorage, une bonne heure et demie plus tôt, et ma destination était Diamond Creek, quelques heures plus loin. Mon attitude positive habituelle ne m'aidait pas tellement quand j'étais si loin de chez moi, et une vague d'anxiété s'installa en moi.

Je pris quelques grandes inspirations pour la repousser, car je n'étais *pas* ce genre de fille. J'étais forte. Je pouvais parfaitement gérer cette situation. Bon sang, je dégageais un gars de 1 m 80 et saoul toutes les semaines dans le bar où je bossais, j'étais parfaitement capable d'appeler à l'aide voire de me sortir moi-même du fossé.

En sortant de ma voiture, j'essayai d'évaluer la situation avec rien d'autre que la lumière de mes phares. D'accord, le mot « fossé » ne décrivait pas parfaitement ce dans quoi je m'étais fourrée. Le bord de l'autoroute donnait sur une colline très inclinée. Il n'y avait pas vraiment de borne d'arrêt d'urgence.

Heureusement, je n'étais qu'à quelques mètres de la route, mais l'inclinaison était assez marquée pour m'assurer que je ne pouvais pas remettre cette voiture sur la route toute seule.

— Merde !

Le vent emporta mon gros mot, ne laissant même pas un écho derrière lui. La neige volait dans tous les sens, dansant dans l'obscurité. Pour une femme qui aimait se penser intelligente et bien préparée, je me sentais profondément prise de court et étonnamment stupide.

Les hivers d'Alaska n'avaient rien à voir avec les

hivers des montagnes Blue Ridge, là d'où je venais. Oh, il neigeait chez nous aussi, oui, et on avait de grands vents et nos routes sinueuses se retrouvaient verglacées très vite pendant les nuits hivernales. Mais il ne faisait pas nuit si tôt, et même dans les zones les plus rurales, il y avait plus de passage que ça.

Une bourrasque me frappa et la neige froide piqua mes joues. Avec un soupir, je me dirigeai vers la portière côté conducteur du SUV et montai dans la voiture. Quand la porte se referma, étouffant le son du vent et de la neige, mon soulagement fut immense.

Sauf qu'il y avait un petit problème. J'étais seule sur le bord d'une autoroute en Alaska, il faisait nuit noire et horriblement froid dehors.

Nous étions à une semaine de Noël. J'espérais juste réussir à passer la nuit, pour survivre jusque-là. Je ne voulais même pas penser à ce que les journaux diraient si je mourais de froid dans mon SUV. *Une idiote de touriste pensant pouvoir se balader sur l'autoroute en hiver*, ça ferait les gros titres.

Je m'enveloppai dans mon manteau et ajustai l'angle de mon siège pour pouvoir voir les phares susceptibles d'approcher. Après une grosse vingtaine de minutes sans une seule voiture, un sentiment de panique commença à grandir dans mon estomac. Je ne pouvais pas vraiment sortir de ma voiture et marcher, car il n'y avait nulle part où aller. Et autant que je sache, il y avait des kilomètres et des kilomètres d'autoroute entre toutes les villes de cette région, et il faisait bien moins de zéro degré alors que le vent s'énervait de plus en plus.

Après une grosse bourrasque qui secoua mon SUV, je vis deux points de lumière éclairer l'autoroute. *Dieu merci.* J'aurais dû prier plus souvent. On m'avait pourtant bien élevée, mais j'avais oublié.

Alors que je me demandais s'il valait mieux que je sorte de ma voiture ou que je prie pour que l'autre véhicule voie mes phares dans l'obscurité, je vis ces deux petites pointes de lumière s'arrêter juste derrière mon véhicule, tandis que ce qui semblait être un pickup se garait.

— Oui, oui, oui ! criai-je juste pour moi.

Descendant de ma voiture, je levai les yeux vers un homme grand qui descendait la pente sur le bord de la route.

Bon sang, j'espère que ce n'est pas un serial killer.

Le petit rire que j'entendis à travers le vent me dit que j'avais dû penser à voix haute. Mes pensées m'échappaient parfois sans que je puisse les retenir.

— Désolée. Les dangers d'être une femme et tout ça, expliquai-je tandis que je m'arrêtais devant cet homme et levais les yeux.

Ma bouche s'ouvrit presque d'elle-même quand je regardai de plus près. Je *connaissais* cet homme.

— Alex Blake ?

— Delilah ?

— Oh mon Dieu !

Mon cœur fit un saut, digne d'une routine gymnastique de haut niveau. Bordel.

— Qu'est-ce que tu fais là ? Viens, montons dans ma voiture, dit Alex sans me laisser le temps de lui répondre.

Pendant ce temps, mon esprit faisait des détours dans tous les sens, dérouté par cette situation inattendue, de voir un garçon dont j'étais très entichée maintenant devenu homme, et de le sentir tendre le bras quand je m'approchai de lui, passant sa main sur mon coude.

— C'est dingue, murmurai-je par-dessus le souffle du vent.

Le petit rire d'Alex me fit frissonner.

— On peut dire ça comme ça, répondit-il, une voix à peine audible face aux bourrasques qui nous frappaient.

— Attends, je vais prendre mon sac, lançai-je par-dessus le vent.

Alex nous fit tourner vers le côté conducteur de mon SUV de location. J'attrapai mon sac à main à l'avant pendant qu'il tirait mon sac de l'arrière, après que je lui eus indiqué où le trouver.

Je suivis simplement Alex tandis qu'il me tenait fermement d'une main et mon sac de l'autre. Je ne remarquais presque plus la brûlure de la neige sur mes joues alors que mon esprit se remettait du choc de croiser cet homme.

Mon pouls s'était envolé comme une fusée et j'étais parfaitement consciente de la force facile avec laquelle il me tirait presque dans une couche de neige qui me montait aux genoux. En peu de temps, on se trouva à côté de sa voiture et il ouvrit la porte.

Je réussis presque à tomber en essayant de monter dedans. Avec la route verglacée sous mes pieds et le fait d'être dans tous mes états, mon équilibre n'était pas au top.

Alex, étant le gentleman qu'il était, ou plutôt le gentleman dont je me souvenais, m'aida à monter et attendit que je sois assise avant de fermer la portière côté passager. Je le regardai pencher la tête tandis qu'il replongeait dans la neige pour faire le tour de son véhicule.

Une autre bouffée de vent le suivit dans le pickup. Heureusement, le claquement de sa porte coupa tout l'air froid du dehors.

Je tendis les mains devant les radiateurs de la voiture et jetai un œil vers Alex. Le choc de le voir ici avait provoqué une réaction viscérale dans tout mon corps. C'était comme si mon cœur avait été secoué par une décharge électrique, et que mon estomac avait été lâché du haut d'un immeuble, tombant et tournant alors que je plongeais dans son regard brun et intense.

La dernière fois que j'avais vu Alex Blake, un homme que je n'avais jamais oublié, c'était à un camp de vacances dans les montagnes du Colorado. Ma présence là-bas avait été à peu près aussi improbable que le fait de le croiser ici, en Alaska. Alex était un garçon bien trop beau, avec ses cheveux ambrés sombres et ses yeux couleur café ; une mâchoire carrée et un corps fin et musclé.

J'étais *complètement* dingue d'Alex à l'époque. Les amourettes de camps de vacances étaient ce qui se rapprochait le plus d'un mirage. Il n'était censé être rien de plus qu'une parenthèse dans ma vie, mais je ne l'avais *jamais* oublié. En regardant sa bouche, forte et audacieuse, je me souvenais encore de la sensation de ses lèvres sur les miennes, accompagnant les caresses sensuelles de sa langue.

— Qu'est-ce que tu fiches au bord de la route en Alaska, à une semaine de Noël, Delilah ?

Chapitre Deux
ALEX

Delilah Carter me regarda avec prudence.

— C'est une bonne question, dit-elle enfin.

— J'imagine que tu as une réponse, contrai-je.

Delilah se mordit le coin de la lèvre, sa bouche charnue et tentante, avec sa fossette en plein milieu.

— C'est un peu un accident, toute cette histoire, dit-elle enfin.

J'attendis un instant tandis qu'elle me fixait du regard, ses yeux verts aussi beaux que dans mon souvenir. L'éclairage dans ma voiture n'était pas très puissant, mais c'était presque impossible d'effacer la beauté unique et perçante de Delilah.

Une incertitude traversa son regard et elle prit une grande inspiration. Lâchant un soupir chargé, elle lâcha finalement mon regard en posant sa tête contre le siège.

— Aussi fou que ça puisse paraitre, je suis là pour un voyage tous frais payés dans une station de ski à Diamond Creek. Un vieil ami m'a offert ça. Dans un hôtel qui s'appelle le Last Frontier Lodge.

— Sérieusement ?

Elle tourna la tête vers moi, hochant le menton.

— Sérieusement, répondit-elle, une pointe de rose au creux de ses joues.

Je sentis mes lèvres s'étirer en un sourire, alors que je secouais la tête pour digérer ce que tout cela voulait dire.

— Eh bah c'est dingue. C'est exactement là où je vais.

Delilah écarquilla les yeux.

— Tu déconnes ?

Je secouai la tête.

— Pas du tout.

Alors qu'on était assis là, le vent s'énervant devant ma voiture et au son de la neige qui s'écrasait sur mon pare-brise, des étincelles emplirent l'air tandis qu'un murmure d'électricité prenait vie entre nous. Ça n'avait été que quelques baisers des années plus tôt.

Mais je n'avais jamais oublié Delilah. J'avais eu tellement envie d'elle, pendant ces semaines floues, un été où nous étions tous les deux trop jeunes, mais la mémoire est une chose étrange. Certaines choses prennent des proportions ridicules alors que d'autres disparaissent. C'était difficile de savoir à quels souvenirs faire confiance.

— J'ai essayé de te trouver, dis-je, mes mots me surprenant moi-même.

Delilah pencha la tête vers moi. Je voulais passer mes doigts sur la courbe de sa joue et dans ses cheveux noirs ébouriffés et mouillés par la neige. Elle haussa les sourcils à mon commentaire, et souffla d'un petit rire surpris.

Ses dents plongèrent dans sa lèvre inférieure encore une fois, la mordant doucement et attirant mes yeux vers sa bouche. Bon sang. Elle avait une bouche irrésistible et invitante. Je me souvenais même du goût qu'elle avait : sucrée avec une pointe de vanille.

— Oh, dit-elle doucement, son mot se coinçant un peu dans sa gorge.

Elle déglutit, un son qui résonna dans la voiture.

Avant que l'un de nous ne parle à nouveau, une voiture passa sur la route, projetant plus de neige mouillée sur la mienne. Le son soudain me rappela où nous étions.

— On devrait y aller. Quand il fait ce temps-là, ça prend plus longtemps que d'habitude. On a au moins deux heures de plus sur la route.

Delilah se redressa sur son siège.

— Bien sûr. Tu es certain que ça ne te dérange pas ?

— De t'emmener ? demandai-je en démarrant ma voiture.

— Ouais. Je ne sais pas ce que je vais faire à propos du SUV. Je l'ai loué.

— La voiture est en sécurité là où elle est pour le moment, dis-je en m'engageant lentement sur l'autoroute. Au cas où tu n'as pas remarqué, il n'y a pas beaucoup de passage. Elle est assez loin de la route, ça devrait aller. Je te suggère d'appeler la compagnie de location et de leur laisser un message. Ils peuvent sans doute s'organiser pour qu'une dépanneuse vienne la chercher d'Anchorage demain. Tu peux soit louer une autre voiture à Diamond Creek, ou je te redépose dans l'autre sens.

— Si ça ne te dérange pas, je vais appeler la compagnie de location tout de suite.

— Vas-y, répondis-je en prenant lentement de la vitesse.

Delilah passa un appel rapide. Comme supposé, la compagnie lui dit de laisser la voiture là où elle était et qu'ils appelleraient une dépanneuse.

Après qu'elle eut mis fin à l'appel, seul le son du chauffage à fond emplissait l'air de mon pickup. Je conduis dans la nuit, le corps tendu et un sentiment étrange s'emparant de moi. Je ne savais pas pourquoi nos routes se croisaient à nouveau, mais j'avais l'intention de saisir ma chance à deux mains.

―――

Quelques heures plus tard, je me garai sur le parking du Last Frontier Lodge, un hôtel de ski de luxe à Diamond Creek situé là où la montagne croisait l'océan. Pour l'instant, la nuit et la neige cachaient cette vue incroyable.

En jetant un œil vers Delilah, je dis :

— Nous y voilà.

Delilah plissa les yeux vers les lumières de l'hôtel au loin. Toutes les lumières étaient allumées, les pistes de ski s'étendaient au loin et les éclairages brillaient sous la neige.

Quand elle se tourna vers moi, son sourire s'étendit encore et mon cœur fit un drôle de petit saut. Tout comme avant, Delilah me faisait un drôle d'effet, comme si elle touchait une partie de moi qui n'existait que pour elle. Je me souvenais que j'avais eu *vraiment* envie d'apprendre à la connaitre cet été-là, et à quel point on avait parlé et joué ensemble. Je ne souvenais aussi être un peu perplexe par la force de mon désir pour elle. Mais bon sang, à chaque fois que je l'avais embrassée, je m'étais senti plus vivant que jamais auparavant, ou après.

Une bourrasque secoua le pare-brise, me tirant de mes souvenirs.

— Allons-y, dis-je.

Elle s'énerva un peu quand j'insistai pour porter

son sac, mais je l'ignorai. Même si elle dégageait une vulnérabilité d'acier, j'avais envie d'apprendre à connaitre la femme qui se cachait sous cet extérieur coupant.

Alors que je poussais la lourde porte en bois à l'entrée de l'hôtel, le vent et la neige entrèrent avec nous, un son qui disparut dès que je refermai la porte. La chaleur enveloppante fut un soulagement en contraste avec les températures glaciales de l'extérieur. En jetant un œil autour de nous, j'admirai le lieu. J'étais venu au Last Frontier Lodge de nombreuses fois. C'était une échappatoire facile depuis Willow Brook, et j'avais quelques amis à Diamond Creek.

Même s'il était tard, l'hôtel était plein d'invités qui venaient récupérer leurs clés au bureau d'accueil, et le murmure des voix s'échappant du restaurant arrivait jusqu'à l'entrée.

— Te voilà !

Je levai les yeux, trouvant ma sœur jumelle d'un côté avec son mari, qui se trouvait aussi être mon meilleur ami. Nate Fox avait un bras sur les épaules de Holly. Nate avait presque toujours une main sur ma sœur. Ça m'avait pris un certain temps pour m'y habituer, mais je m'étais fait à leur relation et j'étais heureux pour eux. Ils s'étaient mariés quelques mois plus tôt.

— Salut Holly, lançai-je avec un regard vers Delilah. C'est ma sœur. Viens, je vais te présenter.

Delilah haussa un sourcil.

— Tu... ?

Elle interrompit sa question quand je secouai la tête.

— C'est ma sœur. Fais-moi confiance, tu ne vas pas réussir à l'éviter.

Delilah ne semblait pas sûre, mais elle me suivit

quand je me dirigeai vers Holly et Nate. Le regard curieux de Holly vers Delilah alors que nous nous approchions ne m'échappa pas.

— Alex, dit immédiatement Holly, écartant ses cheveux blonds de son épaule. Tu es en retard.

— Ça fait plaisir de te voir aussi, Holl, contrai-je avec un sourire.

Nate gloussa, ses yeux marron s'éclaircissant avec son sourire.

— Holly pensait que tu arriverais dans l'après-midi.

— Les routes sont plutôt dangereuses, dit Holly, justement.

— Je me suis mis en route plus tard que prévu, mais je suis là, sain et sauf. Bref, je vous présente Delilah, dis-je en désignant Delilah, qui se tenait un peu en retrait.

Le regard vif de ma sœur jumelle se tourna vers Delilah, comme un rayon laser. Il était évident qu'elle essayait d'analyser la situation, au rayon X.

— La voiture de location de Delilah a quitté la route, donc je l'ai récupérée et l'ai déposée. Ce qui est rigolo, c'est qu'on s'est déjà rencontrés dans un camp de vacances au Colorado, expliquai-je.

Holly avança d'un pas.

— Salut, moi c'est Holly, dit-elle en tendant la main.

— Delilah, Delilah Carter, annonça Delilah en retour.

— Qu'est-ce qui t'amène ici ? demanda Holly.

J'hésitai à applaudir sa retenue. Je savais que ma sœur était sur le point d'exploser de curiosité.

— Je suis là pour la même raison que vous, j'imagine, répondit Delilah. Pour skier.

Holly sourit lentement.

— Oui, j'imagine que c'est une évidence, dit-elle après un moment.

Nate trouva le regard de Delilah, lui lançant un sourire détendu.

— Ravi de te rencontrer. Je suis Nate Fox.

— Mon fiancé, ajouta Holly.

— Oh, félicitations. Le mariage est pour quand ? demanda Delilah.

Holly plissa le nez, lança un sourire gêné à Nate tandis qu'il levait les yeux au ciel.

— Elle oublie constamment que je suis son mari maintenant. On vient de se marier, il y a quelques mois.

Holly lui donna un petit coup de coude.

— Je n'oublie pas ! C'est juste que tu as été mon fiancé pendant plus longtemps que mon mari, pour l'instant.

Un groupe d'invités passa à côté de nous, bousculant Delilah et mettant fin à cette brève conversation avec Holly et Nate.

— Je devrais aller récupérer ma clé. Je reviens, dit-elle.

Chapitre Trois
DELILAH

— Vas-y, répondit Alex. J'ai appelé quand j'ai quitté Willow Brook, donc ils savent déjà que je suis là, j'ai fait mon check-in. Vous aussi j'imagine ?

Il jeta un coup d'œil vers Holly et Nate.

— Bien sûr. On t'attendait pour pouvoir aller diner ensemble. Pourquoi ne te joins-tu pas à nous pour le diner après ton check-in ? suggéra Holly en me regardant.

Étant donné que je ne connaissais absolument personne ici, à part Alex, et maintenant Holly et Nate, je n'avais pas d'excuse facile pour refuser. Non pas que j'en aie eu l'envie.

— Ce serait super. Je vais prendre mes clés, déposer mon sac et me changer vite fait.

— Je vais aller jeter un œil à ma chambre, lança Alex, alors que je venais de me détourner. On se retrouve tous ici dans un quart d'heure ?

— Ça marche, répondis-je avant d'aller faire la queue devant le bureau d'accueil.

Un rassemblement d'invités créait un brouhaha autour de moi, mais je le remarquai à peine. Mon esprit essayait encore de digérer le fait d'avoir rencontré Alex de cette façon.

La force presque électrique de sa présence avait aiguisé les limites de mes souvenirs à son propos. Même si mon attirance pour lui était déjà déstabilisante à l'époque, j'avais oublié à quel point trainer avec lui était simple. Il était drôle, charmant et gracieux. Il dégageait une masculinité confiante. Et ça ne faisait pas de mal qu'il soit si canon, avec ses cheveux d'un blond foncé et ses yeux couleur café.

Une fois mon tour arrivé, une femme avec des cheveux roux foncé et des yeux de jade me lança un sourire.

— Bonjour, comment allez-vous ce soir ?

— Étant donné que ma voiture a fait une sortie de route sur l'autoroute à cause du verglas alors que je venais d'Anchorage, je trouve que je m'en sors pas mal, répondis-je avec un rire.

— Oh, non ! Ça va ? Comment êtes-vous arrivée jusqu'ici ?

Ses questions s'enchaînèrent rapidement.

— Je m'appelle Marley, au fait.

— Ravie de vous rencontrer. Je suis Delilah Carter. J'ai eu beaucoup de chance, un autre des invités est passé sur la même route et s'est arrêté pour voir comment j'allais, puis il m'a déposée ici. Par chance, on se connaissait déjà. J'ai l'impression d'être dans un film. Je n'arrive toujours pas à croire que j'ai trouvé quelqu'un que je connaissais au bord d'une autoroute enneigée à l'autre bout du pays dans lequel je vis.

Marley sourit.

— C'est fou. Si ça ne vous dérange pas que je pose la question, qui vous a déposée ?

— Alex Blake. Vous le connaissez ?

— Oh, Alex ! Bien sûr que je le connais. Il vient ici

assez souvent pour des weekends de ski avec des amis et il travaille aussi comme mécanicien à l'aéroport de temps en temps.

— C'est ce que j'ai appris, répondis-je avec un sourire.

Pendant le reste de notre trajet, Alex et moi nous étions racontés où nous en étions dans la vie, donc j'avais une vague image de ce qu'il faisait.

— Alors, laissez-moi trouver votre chambre, dit Marley en baissant les yeux vers l'écran. Quel est le nom sur la réservation ?

— Le mien. Delilah Carter. C'était au nom de Remy Martin à la base, expliquai-je, en faisant référence au vieil ami qui avait déménagé de Caroline du Nord pour venir en Alaska. Il a eu un empêchement.

Marley cliqua sur sa souris, et je la voyais descendre dans la liste. Quand ça dura plus longtemps, mon estomac se tordit. Lorsqu'elle croisa à nouveau mon regard, elle eut l'air inquiète, les sourcils froncés et la bouche plissée.

— Je suis désolée, j'ai l'impression qu'il n'y a pas de réservation à votre nom. Je vois qu'il y en a eu une, mais j'ai l'impression qu'elle a été accidentellement annulée, au lieu d'avoir remplacé le nom de Remy par le vôtre. Il y a une note avec votre nom et aucune trace d'un remboursement, donc je sais que c'est une erreur de notre côté. Le problème, c'est que l'hôtel est entièrement complet. Je suis vraiment, *vraiment* désolée, expliqua Marley.

Ma poitrine se serra et les larmes commencèrent à me monter aux yeux. J'essayais de ne pas craquer depuis si longtemps, et cette journée avait été *si* longue, cette année avait été *si* longue. Ce n'était même plus surprenant que tout se casse la figure, pour s'ajouter à l'horreur qu'avait été mon année.

Marley sentit clairement ma panique même si je n'avais rien dit.

— Bien entendu, nous allons vous offrir un autre séjour gratuit, dit-elle rapidement. Malheureusement, il faut que je voie si je peux vous trouver un autre hôtel parce que nous sommes complets.

Je déglutis, ignorant les larmes qui me piquaient les yeux.

— Euh, d'accord, ce serait super.

Juste à ce moment-là, Alex apparut à mes côtés.

— C'est bon ? demanda-t-il.

Je mourais d'envie de pouvoir disparaitre et éviter toute cette situation. Je n'avais aucune envie de garder la tête haute à ce moment précis. J'avais passé plus de douze heures dans un avion et j'avais réussi à ne pas craquer quand j'avais fait une sortie de route. Je semblais incapable de cacher mes émotions, mais j'essayai.

— Euh, pas vraiment. Il y a eu un problème avec ma réservation. Marley essaie de me trouver une chambre dans un autre hôtel, expliquai-je avec un sourire tendu.

Alex sentit mon stress évident et il passa son bras sur mon épaule avant de se pencher vers Marley pour lui demander quelque chose. Je priai pour ne pas m'effondrer en larmes devant lui, Marley et tous les gens qui se baladaient dans l'accueil.

Mes yeux sautaient d'un point à l'autre, je regardais les décorations de Noël. Des branches d'épicéas pendaient de plusieurs des poutres et des guirlandes lumineuses chaleureuses parcouraient le plafond et entouraient les portes.

Mon cerveau se réveilla enfin et je saisis un bout de la conversation entre Alex et Marley.

— Je te promets, Alex. Je vais lui trouver quelque

part où dormir, et elle aura deux semaines gratuites quand elle veut. Le seul problème, c'est qu'on est complets dans l'immédiat. Je n'ai nulle part où la mettre.

— On peut partager ma chambre, dit Alex fermement.

— Tu es...?

Je m'arrêtai quand il secoua la tête.

— Si tu es sur le point de me demander si je suis sûr, bien sûr que je le suis. Tu es venue skier, tu vas skier. Ce que Marley ne veut sans doute pas te dire tout de suite, c'est que les chances qu'elle te trouve une chambre ailleurs en cette saison sont minimes, voire inexistantes.

Marley fit la grimace.

— Alex, on sait jamais.

— Je suis prêt à parier que tu ne trouveras rien. Presque tous les hôtels sont fermés, à part ici.

Il posa à nouveau son regard sur moi.

— Je dormirai sur le canapé. Tu auras le lit. Tu es ici pour des vacances, tu devrais pouvoir en profiter. Même si Marley te trouve une chambre ailleurs, c'est ici que sont les pistes. C'est l'endroit parfait où passer des vacances.

Tandis que je me tenais là à regarder Alex, je ne savais pas quoi dire. Ce que je voulais, c'était une chambre rien qu'à moi pour trouver l'échappatoire que je venais chercher. Alors que cette option m'échappait, je ne voulais pas avoir à errer dans la région pour trouver un autre hôtel.

En me détournant du regard d'Alex, je me tournai vers Marley.

— Dites-moi honnêtement. Quelles sont mes chances de trouver une chambre ailleurs ?

Marley soupira.

— Pas terribles, dit-elle en fronçant les sourcils. Je vous promets que je vous offrirai une chambre ici. N'importe quel moment, on s'organisera. Je suis *vraiment* désolée de cette situation. Honnêtement, je vous proposerais même de vous installer dans notre chambre d'amis privée, mais on a de la famille qui est venue pour Noël, donc on n'aurait nulle part où vous accueillir.

En puisant dans mes dernières réserves de force, je pris une grande inspiration et hochai la tête avant de me tourner vers Alex.

— Si tu es certain que ça ne te dérange pas, partageons ta chambre. Je paierai… commençai-je.

Alex secoua la tête.

— Tu ne paieras pour rien. La chambre est déjà réglée.

Il n'attendit même pas que je réponde.

— Viens.

Il m'éloigna fermement du bureau d'accueil. Ce ne fut qu'à ce moment-là que je remarquai la file de gens accumulée derrière moi.

J'avais envie de me blottir dans la force et la chaleur d'Alex, ce qui n'avait aucun sens. Bon sang, je le connaissais à peine. Deux semaines lointaines à le trouver mignon qui s'étaient terminées en quelques baisers fous quand on était ados, presque quinze ans plus tôt, ce n'était pas le connaitre, ça. Je pris une profonde inspiration et essayai de secouer mon cerveau pour trouver un peu de bon sens alors qu'il nous guidait à travers un hall d'accueil bondé vers les ascenseurs, devant lesquels il s'arrêta.

Je levai les yeux vers lui, avec l'intention de le remercier, mais les portes s'ouvrirent et une nuée de gens sortit, remplissant l'espace de voix et de rires. On monta dans l'ascenseur, et un silence s'installa quand les portes se refermèrent derrière nous. Alex appuya sur le bouton du troisième étage.

Au moment où je trouvai son regard sombre, mon cœur sursauta et mon estomac se retourna. Dans cette petite boite métallique, mon corps vibrait face à lui. Mon esprit revint à ces baisers que nous avions partagés toutes ces années plus tôt, quand j'étais plus jeune. Même à l'époque, j'étais cynique. Mais je n'avais rien oublié de ces baisers. Oh non.

L'air s'emplit d'étincelles. Je me demandai brièvement si j'étais folle. Je compris soudainement qu'il serait peut-être difficile de partager une chambre avec Alex toute une semaine.

Chapitre Quatre
ALEX

Delilah se tenait à côté de moi dans l'ascenseur. Ses yeux verts étaient sombres et ses joues légèrement rosies. Voir que toute panique avait quitté son regard me soulageait. Même si je ne pouvais pas dire que je la connaissais bien, la sensation de ses lèvres sur les miennes était un tatouage permanent dans mon cerveau, mais j'avais le sentiment que c'était une femme qui n'acceptait pas souvent qu'on l'aide. Quand nos chemins s'étaient croisés des années plus tôt, elle dégageait déjà un air d'indépendance indomptable.

Je ne lui avais pas proposé de partager ma chambre pour saisir l'occasion que je n'avais jamais eue la dernière fois. Mais je me demandais si c'était une si mauvaise idée.

Delilah me fixa du retard, sa langue échappant à sa bouche pour humidifier ses lèvres. J'observai la courbure délicate de ses sourcils, les lignes définies de son visage et la forme déterminée de sa mâchoire. Mes yeux descendirent, remarquant le battement rapide de son pouls dans son cou.

Même si une partie de mon cerveau me disait,

voire me criait, de ne pas l'embrasser et d'être un gentleman, je suivis mon instinct.

Comme si son corps réagissait à la même force magnétique qui nous englobait, Delilah avança vers moi quand j'avançai vers elle. Son odeur, qui me rendait fou depuis le moment où je l'avais ramassée sur le bord de la route, arriva jusqu'à moi. Elle était douce, sensuelle et bien trop sexy, elle faisait trembler mes genoux.

Je tenais la lanière de son sac d'une main. Je lâchai tout, car j'avais besoin de mes deux mains pour ça. Écartant ses cheveux de son visage, je laissai l'une de mes mains traverser ses mèches soyeuses alors que je posais mon autre main à la base de son cou. Je glissai la main le long de son dos, me délectant du petit sursaut dans son souffle.

— Quelles étaient les chances qu'on se retrouve comme ça ? demandai-je.

Ses yeux s'assombrirent, elle sourit en coin et haussa les épaules. Je sentais qu'elle ne souriait pas à tout le monde, et j'avais l'impression d'avoir gagné quelque chose.

— Je ne sais pas. Je me posais la même question.
— Il faut que je teste une théorie.
— Une théorie ?

Elle haussa un sourcil.

— Enfin, un souvenir peut-être. Je suis presque sûr que la dernière fois qu'on s'est embrassés, c'était le meilleur baiser de ma vie, et il faut que je vérifie.

Les joues de Delilah prirent une nouvelle teinte pourpre, et son sourire s'étira jusqu'à l'autre coin de ses lèvres.

— D'accord. Je t'en prie.

Quand je m'approchai plus près et que j'entendis le sursaut de son souffle, mon désir me traversa comme un éclair. Je ne savais pas ce que je faisais là avec Delilah. Mais je n'avais jamais réussi à l'oublier ou à cesser de me demander ce qui aurait pu arriver entre nous.

Il n'y avait jamais eu de cœur brisé ou de rupture horrible. On était simplement tous les deux rentrés chez nous après quelques semaines d'été. Mais je ne l'avais jamais oubliée. De temps en temps, je me demandais où elle était et comment elle allait. À chaque fois que je pensais à elle, je me disais toujours qu'elle ne serait rien d'autre qu'un vieux souvenir.

Mais elle était là, en chair et en os.

En m'approchant, je sentis sa chaleur. Son odeur, dont je me souvenais même si je ne le savais pas jusqu'à maintenant, s'empara de moi comme une fumée, douce et piquante, avec une pointe de danger. Tout comme Delilah. Mes pensées et mon sens habituel de contrôle m'échappaient.

Je m'accrochai aux rênes, combattant le désir qui me traversait. Il dansait d'une force difficile à ignorer.

— Alors, dis-moi, Delilah, murmurai-je. T'es-tu déjà demandé ce qui se serait passé ?

Ses seins s'écrasèrent contre mon torse quand elle prit une nouvelle inspiration, son intense regard vert soutenant le mien. La fille dont je me souvenais avait une carapace piquante. C'était toujours le cas, mais elle s'était encore endurcie avec les années. Je sentis qu'elle n'avait pas envie de répondre à ma question, mais elle ne baissa pas les yeux.

— Peut-être, répondit-elle d'une voix rauque.

— Moi oui.

J'insistais, et je ne savais pas pourquoi. Cette rencontre inattendue m'avait donné des ailes. La coïncidence de la trouver au bord de la route une nuit enneigée alors que nous allions tous les deux au même endroit m'apparaissait comme un éclair tombé tout droit du ciel. J'allais attraper la charge électrique qu'il restait de cet éclair, et je n'avais aucune intention de la relâcher.

Lorsque je passai ma main dans ses cheveux, ils se démêlèrent facilement, comme de la soie entre mes doigts. Alors que ses yeux en feu me regardaient, je penchai la tête, passant mes lèvres sur les siennes, tout doucement, presque comme pour tester ce qui allait arriver. Ce moment était tellement hors du temps que je n'aurais pas été surpris si on avait pris feu.

Ses lèvres étaient chaudes et douces. Un courant électrique vibrait entre nous, ses lèvres me picotaient presque. Un son grave sortit de sa gorge, et je m'entendis grogner en retour, au loin, alors que je penchais la tête sur le côté pour poser ma bouche sur la sienne.

Delilah soupira, ouvrant les lèvres pour m'inviter. Bon sang, elle avait tellement bon goût. Elle dégageait encore une odeur fraiche, de neige nouvelle. Sa bouche était chaude et douce, et, au moment où elle me laissa rentrer, je retrouvais tout ce qui vivait dans mes souvenirs.

Sa langue sortit pour jouer avec la mienne. Delilah était loin d'être passive dans ses baisers. L'une de ses mains passa sur le bas de mon dos et elle me rapprocha d'elle. Mon excitation s'installa parfaitement dans le creux de ses hanches, se collant à son centre. C'était une femme grande, qui s'imbriquait parfaitement dans mon corps et faite de courbes douces, qui contrastaient avec mes pans durcis.

Notre baiser commença lentement, sensuel et joueur, avant d'accélérer. Nos langues emmêlées devinrent chaudes et sauvages. J'étais accroché à ses cheveux, fort, tandis que l'une de ses mains caressait tout mon torse.

La Delilah que j'avais embrassée dans le passé était

jeune. Nos baisers étaient nouveaux, des bisous d'adolescents inexpérimentés qui ne savent pas vraiment comment faire. Et même si ces baisers avaient été terriblement excitants, ils n'étaient rien comparés à celui-ci.

Je savais embrasser une femme maintenant. Même si j'avais presque perdu la tête et que je ne pensais à rien à ce moment-là, mes années d'expérience avaient pris le dessus. Quand je me libérai de sa bouche, j'étais complètement à bout de souffle. J'aspirai une bouffée d'air et j'ouvris les yeux en même temps qu'elle. Nos regards se trouvèrent, le sien était brumeux et perdu, sans doute exactement comme le mien.

On se regarda en silence, le son de nos respirations emplissant ce petit espace. Le sang me monta aux oreilles et le son de mon pouls secouait mon corps.

Les lèvres de Delilah étaient gonflées et rosies de notre baiser et ses joues étaient rouges. Je sentais le battement fou de son cœur contre mon torse, et j'imaginais qu'elle pouvait sentir le mien. Nous étions collés l'un à l'autre, l'un de ses pieds enroulé autour de mon mollet.

En levant une main, elle passa son doigt sur ma pommette, laissant une trainée enflammée partout où elle passait.

— C'était mieux que dans mon souvenir, souffla-t-elle.

Je sentis mes lèvres se tordre en un sourire en coin.

— J'avoue.

Mes mots sortirent un peu bruts.

Je n'avais rien imaginé de tout cela. Je savais juste que je voulais une chance d'aller là où nous n'étions pas allés la dernière fois. Mais, soudainement, toute cette situation me parut chargée d'une intensité inattendue.

Delilah prit une autre inspiration. Quand je sentis

la pointe de ses tétons se coller à mon torse, ma bouche trouva la sienne à nouveau. Mon corps était piqué d'un besoin si profond que j'oubliais où nous étions. Je dévorais sa bouche tandis que sa langue jouait avec la mienne. Je n'avais même pas réalisé que les portes de l'ascenseur s'ouvraient jusqu'à ce que j'entende une voix.

— Oups ! s'exclama une femme.

Un petit rire de quelqu'un d'autre suivit. Delilah et moi nous séparions, et je me rattrapai juste avant de m'écraser contre le mur de l'ascenseur. Les vagues de choc de notre baiser s'écrasaient sur moi. En jetant un œil vers le couloir, je trouvai deux femmes qui s'étaient poliment détournées.

— Pardon mesdames, dis-je en me penchant pour attraper le sac de Delilah.

— Désolées de vous interrompre, dit l'une d'entre elles.

Ses yeux passaient de moi à Delilah.

— Meuf, je paierais n'importe quoi pour qu'un homme m'embrasse de cette façon. Tu ferais mieux de t'accrocher pour ne pas te le faire voler.

— Ouais, c'était un baiser mémorable, celui-là, ajouta l'autre femme.

Delilah se mordit la lèvre et gloussa, rougissant encore plus. Elle sortit de l'ascenseur devant moi et je posai ma main sur le bas de son dos, ressentant le besoin de la toucher. Alors qu'elle me mettait dans tous mes états et que j'en perdais presque l'équilibre, je ne pouvais que m'accrocher à elle pour me défendre face à la folie qui s'emparait de moi si profondément que mes pensées m'étaient étrangères.

Chapitre Cinq
DELILAH

Le goût subtil et effacé du vin parcourut ma langue. En posant mon verre, je jetai un œil vers Alex en essayant de reprendre mon souffle. Je me demandais s'il était possible de faire une crise cardiaque après avoir été excitée pendant si longtemps.

Mon pouls était à fond depuis notre baiser dans l'ascenseur. J'avais réussi à me reprendre un peu après le choc de le croiser par hasard. Puis j'avais complètement perdu la tête.

Ce baiser m'avait presque tuée, en dedans comme en dehors. J'étais surprise de ne pas m'être effondrée quand nous avions été interrompus par un public inattendu.

Mes tripes étaient toujours en feu et mes lèvres tremblaient encore. Pendant ce temps, mon cœur battait la chamade, ne repartant à fond régulièrement avec rien de plus qu'un regard de sa part. Nous dinions avec Holly et Nate et j'essayais d'apparaitre normale. Je ne voulais pas que sa sœur pense que j'étais folle.

La question d'Alex résonnait dans mon esprit.

Alors, dis-moi, Delilah, t'es-tu déjà demandé ce qui aurait pu se passer entre nous ?

Oh bon sang, oui, je me l'étais demandé. J'avais mis ça sur le compte de vieux souvenirs d'été déformés, et avais réussi à me convaincre après un temps que je les avais exagérés. Pourquoi n'arrivais-je pas à oublier Alex Blake et ces baisers canons ?

Quelles étaient les chances qu'une fille d'une famille humble dans la campagne des montagnes Blue Ridge reçoive une bourse pour deux semaines en colonie de vacances ? Je pouvais vous le dire. Les chances étaient minces. Et ce qui était encore plus improbable était qu'Alex, un ado d'Alaska, une région qui semblait être l'autre bout de la planète pour moi, se trouverait là aussi, sur les deux mêmes semaines.

Un frisson parcourut mon dos lorsque la réalité de ma situation actuelle me frappa en plein visage. De toutes les personnes qui auraient pu me trouver au bord de la route, c'était Alex Blake qui était apparu.

Même s'il ne m'avait pas trouvée et que j'avais réussi à faire la route seule jusqu'ici, je l'aurais quand même vu. Ces deux courtes semaines d'été avaient été l'un des meilleurs moments de ma vie. Ce n'était pas comme si on avait vécu une grande histoire d'amour, mais il était beau et gentil, et je m'étais *sévèrement* entichée de lui. On s'était embrassés quelques fois, et ça avait été divin.

Quelques heures avant la fin de la colo, et avant que je monte dans le bus qui m'emmènerait à l'aéroport, je lui avais donné mon adresse et il avait promis qu'il m'enverrait une lettre. Malheureusement, mon père avait réussi à se faire virer de cet appartement pendant que j'étais en camp de vacances. Je n'avais pas le genre de parents assez organisés pour faire suivre leur courrier. Qu'Alex m'ait écrit ou non, je ne l'aurais jamais su.

— Et pour toi ? demanda une voix, interrompant mes rêveries.

Je levai les yeux et souris à la serveuse.

— Pardon. Vous disiez ?

— Je vous demandais juste ce que vous vouliez manger, dit-elle poliment.

— Ah oui. Je vais prendre le saumon au sésame avec l'asperge, répondis-je en jetant un œil au menu devant moi.

— Des entrées ?

— On a déjà commandé les mini cakes au crabe et le tartare de flétan, proposa Holly depuis l'autre côté de la table.

— Pour partager ? Je ne veux pas imposer...

— Bien sûr, répondit Alex.

— Très bien, alors ce sera tout pour moi, dis-je en rendant le menu à la serveuse.

Une fois qu'elle fut repartie, Holly planta ses yeux bruns malins sur moi.

— C'est plutôt chanceux qu'Alex t'ait trouvée sur le bord de la route. J'ai du mal à croire que le fait qu'il soit là cette semaine soit une surprise pour toi, commenta-t-elle.

Je n'avais *vraiment* pas l'énergie pour ce genre de chose. Mais j'imaginais que je n'avais pas vraiment le choix. Après avoir pris une gorgée de vin pour me donner du courage, je la regardai droit dans les yeux.

— Écoute, tu peux penser ce que tu veux. Alex et moi nous sommes déjà rencontrés une fois, en camp de vacances, il y a de nombreuses années. C'était une surprise des plus totales de le croiser à nouveau, mais je n'ai pas de plan secret. Mes amis m'ont offert cette semaine au ski parce qu'ils ont eu un empêchement.

Alex passa son bras sur mes épaules, prenant une gorgée de sa bière.

— Sérieusement, Holly. N'en fais pas tout un plat. J'avoue, c'est dingue de croiser Delilah, mais, moi, ça ne me dérange pas du tout, dit-il simplement.

Nate, avec son charme de jeune homme, donna un petit coup de coude à Holly.

— Laisse-les un peu tranquilles. C'est presque Noël.

Je levai les yeux au ciel, repoussant l'envie d'écarter le bras d'Alex. Non pas parce que je n'en voulais pas, plutôt parce que j'en adorais la sensation. J'avais envie de me blottir contre lui, et je détestais me sentir faible et vulnérable. J'en avais déjà eu bien assez dans ma vie.

Holly soupira.

— Je suis désolée. Je suis juste un peu protectrice. C'est qui l'amie qui t'a offert cette semaine au ski?

— C'est Shay Martin. Son frère, Remy, qui est aussi un ami à moi, vit à...

Holly m'interrompit avec un grand sourire.

— Oh mon dieu. Remy? Notre Remy?

— Eh bien, je ne sais pas si c'est *votre* Remy, mais il a grandi au même endroit que moi, Stolen Hearts Valley, en Caroline du Nord. Sa sœur, Shay, vit là-bas. Quand Remy et sa femme se sont rendu compte qu'ils ne pourraient pas venir cette semaine, il l'a dit à Shay, qui me l'a dit, et me voilà, expliquai-je.

Holly claqua sa main sur sa poitrine et soupira.

— Remy est vraiment un gars adorable.

Nate leva les yeux au ciel et rit.

— Je ne suis pas sûr que Remy apprécierait d'être décrit comme un gars adorable.

Holly donna un coup de coude à Nate.

— Bref. C'est juste dingue que Delilah connaisse Remy.

— Donc vous vivez tous dans la même ville que Remy ? demandai-je.

— Ouaip. Willow Brook, dit Alex quand je le regardai. C'est de là qu'on vient. Remy est arrivé là il y a quelques années. Un gars solide. L'un des pompiers forestiers qui sont basés là-bas.

Je hochai la tête, l'esprit sous le choc en découvrant à quel point le monde était petit.

— C'est Remy. Shay parle de lui tout le temps, il lui manque comme pas possible. J'ai un peu du mal à croire que lui et sa femme aient annulé leur semaine ici. C'est vraiment sympa comme endroit, dis-je en balayant le restaurant du regard.

C'était un hôtel de ski immense et luxueux. Le restaurant avait un parquet verni avec un plafond haut et des poutres apparentes entrecroisées. Les pistes de neige brillaient dans l'obscurité à travers les fenêtres qui donnaient sur la montagne.

— Je suis pressée de voir l'extérieur de jour, ajoutai-je.

Holly hocha la tête avec enthousiasme.

— Oh, c'est splendide ici. Et pour ce qui est de Remy et de sa semaine annulée, ne sois pas désolée pour lui. Je sais que lui et Rachel sont déjà venus ici deux fois cet hiver et qu'ils reviennent en février.

— Eh bah, c'est vraiment sympa. J'imagine qu'au final, ils ne m'ont même pas offert leur semaine puisque ma chambre n'était pas disponible, dis-je avec un petit rire.

— J'espère que tu as laissé le lit à Delilah, dit Holly en jetant un regard sévère à Alex.

Ses doigts jouaient doucement avec les cheveux à la base de mon cou, me faisant frissonner et nourrissant la chaleur entre mes cuisses. La réaction de mon corps face à Alex était folle, et cela même sous le regard protecteur de sa sœur. Je sentais qu'elle était prête à sortir ses griffes dès qu'elle le jugerait nécessaire.

— Quand est-ce que vous vous êtes rencontrés ? demanda Nate après que la serveuse fut arrivée avec nos entrées.

— Tu te souviens de la colo où je suis allé quelques étés ? dit Alex entre deux bouchées de tartare de flétan.

— Ah, oui. T'adorais cet endroit. Vous faisiez de la pêche à la mouche et ce genre de choses sur un lac dans les montagnes. Je ne me rappelle même plus où c'était, dit Holly.

— Dans le Colorado, répondis-je, mon esprit se remémorant une après-midi.

Ces deux petites semaines vivaient dans ma mémoire comme un rayon de soleil et de chaleur. La chaleur du Colorado n'avait rien à voir avec celle de la Caroline du Nord, où l'humidité était si dense qu'elle s'accrochait même à votre peau parfois. J'étais tombée amoureuse des eaux fraiches de ce lac dans le Colorado et des beaux yeux bruns d'Alex.

Mon cœur avait sursauté quand l'eau fraiche m'avait éclaboussée. J'étais assise sur un ponton toute seule une après-midi, vers le milieu du séjour. Il y avait beaucoup d'enfants qui venaient pour cette colo, donc ce n'était pas difficile de s'échapper. J'adorais aller me cacher et lire et j'avais trouvé un ponton sur l'eau, un peu à part de la grande zone de nage. Les voix des autres ados qui jouaient m'arrivaient encore, transportées par l'eau, mais j'avais l'impression d'avoir trouvé mon petit sanctuaire.

Alex m'avait souri en sortant de l'eau.

— Je me disais bien que c'était toi, avait-il dit.

Ses mains s'étaient agrippées au bord du ponton flottant tandis qu'il grimpait dessus. L'installation avait tangué légère-

ment sous son poids. J'avais fermé mon livre et m'étais redressée de ma position allongée.

Alex était beau, le genre de beauté qui en fait presque trop. Son corps était musclé et fin. Il m'avait souri à nouveau en passant sa main dans ses cheveux mouillés. Quelques gouttes avaient atterri sur mes jambes, me faisant frissonner.

— Tu aimes lire ? m'avait-il demandé.

— Oui. C'est mon activité préférée.

D'habitude, j'étais souvent bouche bée face aux garçons, surtout ceux qui étaient beaux comme Alex, mais il y avait quelque chose de différent chez lui. C'était tellement facile d'être avec lui. Il était aussi parfaitement étranger à ma vraie vie que je n'avais pas à m'inquiéter de ce qu'il pouvait penser de moi.

Il n'avait aucune idée que mes parents étaient pauvres, et que mon père nous criait dessus la plupart du temps. Ou que ces petits moments volés étaient les seuls que j'avais passés seule avec un garçon. La plupart des garçons chez moi gardaient leurs distances. Je n'étais pas populaire, ou bien habillée. Je portais souvent les mêmes vêtements parce que je n'en avais pas assez pour toute une semaine.

Quand ma meilleure amie avait appris que j'avais gagné deux semaines en colonie de vacances, elle m'avait immédiatement prêté tous ses shorts. À nous deux, on avait eu exactement assez de vêtements pour que je tienne les deux semaines.

C'était un joyeux hasard que les shorts soient à la mode cet été-là. C'était aussi une chance qu'il soit parfaitement acceptable de n'avoir que deux hauts de bikini et quelques débardeurs. La plupart des filles portaient les mêmes hauts à répétition en colo.

Alex s'était penché vers moi, accrochant un pied derrière son genou.

— Je parie que tu es la meilleure élève de ta classe.

C'était le cas, et la plupart des gens s'en fichaient.

Je lui avais lancé un sourire timide et j'avais haussé les épaules.

— Peut-être. Alors, dis-moi d'où tu viens.

— D'Alaska.

— Vraiment ? Wouah. C'est dingue.

— Ce n'est pas aussi dingue que ça en a l'air. Tu viens d'où ?

— De Caroline du Nord.

— L'Alaska, c'est beau, mais les montagnes d'ici sont superbes aussi. Je parie que vous avez de super montagnes en Caroline du Nord aussi.

— Oui, mais bien plus petites.

Je n'avais pas réalisé que nous nous étions retrouvés assis si près l'un de l'autre. Quand il s'était penché vers moi, un courant électrique avait explosé entre nous. Alex m'avait déjà volé deux baisers à ce moment-là, et j'avais vu ses yeux tomber sur mes lèvres.

— Tu me rends un peu fou, Delilah, avait-il dit, d'une voix grave et rauque.

Mon ventre s'était rempli de papillons, et je m'étais sentie toute tremblante.

— Embrasse-moi encore, avais-je soufflé.

— Il te suffisait de demander.

Il s'était penché en avant, ses lèvres caressant les miennes. L'électricité concentrée dans nos lèvres dégageait une force incroyable entre nous. J'avais entendu un son échapper à sa gorge puis Alex m'avait tirée vers lui. Même si je savais à l'époque que j'aurais dû avoir l'impression de faire quelque chose de mal, je ne ressentais rien de cela avec lui.

J'étais montée sur lui à califourchon et j'avais balancé mes hanches contre son membre tendu, et on s'était embrassés comme les ados que nous étions. Il n'y avait pas grand-chose de technique. C'était humide et maladroit.

Alex était celui qui s'était éloigné le premier.

— Delilah, avait-il murmuré, sa main descendant sur mes côtes pour attraper mes hanches et arrêter mon mouvement. Il faut qu'on arrête.
— Mais j'ai pas envie.

Chapitre Six
DELILAH

Ce souvenir traversa mon esprit lorsque je levai les yeux vers Alex, qui racontait quelque chose. J'avais *complètement* perdu le fil de la conversation.

Mon sourire sembla suffire pour m'en sortir.

— Alors, qu'est-ce que tu fais dans la vie ?

La question de Holly fractura le brouillard de vieux souvenirs d'été dans lequel je me trouvais.

En la regardant, je répondis :

— Je suis barmaid. J'ai fini mes études à la fac, mais pas aussi rapidement que ce que je voulais parce que j'avais toujours besoin d'avoir un boulot à côté. Je suis des cours en ligne pour un diplôme d'infirmière maintenant. J'espère réussir à obtenir mon diplôme un jour.

J'attendais la pointe de jugement. J'étais habituée au fait que les gens méprisent un peu ce que je faisais, mais mon attente cynique fut contredite. Holly écarquilla les yeux.

— Oh, c'est génial. Je suis infirmière. Ça doit être dur d'essayer de suivre les cours en ligne tout en travaillant. Je suis vraiment admirative des gens qui sont capables de faire ça. Je suis très contente d'avoir fini mon école d'infirmière. Si jamais tu as besoin de conseils, n'hésite pas.

— Quand il sera l'heure des exams, je risque d'avoir des questions ! dis-je.

Alors que j'essayais d'avoir une conversation normale, les doigts d'Alex jouaient sans cesse avec le col de mon t-shirt et mon cou. Cette petite parcelle de peau était en feu, et irradiait le reste de mon corps. Je sentais la soie trempée entre mes cuisses. S'il continuait comme ça, j'allais lui sauter dessus dans l'ascenseur. Nous n'en avions pas parlé, mais j'avais pris une décision après le baiser fou de plus tôt.

Je ne reverrais peut-être jamais Alex après cette semaine, mais j'allais aller au bout des choses, pour finir ce que nous avions commencé la dernière fois.

Je survécus au diner avec des conversations polies, et survécus même aux présentations avec plein de gens que Holly, Nate et Alex connaissaient à Diamond Creek. Ils étaient en bons termes avec les propriétaires de l'hôtel, la femme qui gérait le restaurant et plusieurs autres qui passèrent à notre table pour nous saluer.

Quand on arriva à l'ascenseur, je me demandais s'il était possible de jouir rien qu'en restant assise à côté d'Alex pendant si longtemps. Une fois les portes de l'ascenseur refermées derrière nous, j'attrapai la main d'Alex et l'attirai à moi.

— OK, je t'explique. Tu étais tellement un putain de gentleman quand on était ados que tu n'as jamais laissé les choses aller trop loin. Ça fait plus de dix ans, et maintenant tu n'as plus d'excuses, dis-je en tapotant mes doigts sur le centre de son torse.

Le regard d'Alex s'assombrit et il passa sa langue sur ses dents tandis que ses lèvres s'écartaient en un demi-sourire.

— On dirait qu'on est bien d'accord. Je dois dire par contre que je ne pensais jamais me faire engueuler sur le fait d'être un gentleman. On était jeunes.

— Je pense que je peux comprendre. Mais plus maintenant.

Sur ces mots, je l'attirai plus près. Il n'hésita pas une seule seconde et posa sa bouche sur la mienne. On replongea immédiatement dans notre baiser d'avant et Alex prit le contrôle presque instantanément. L'ado inexpérimenté qu'il avait été avait laissé la place à un homme autoritaire et gourmand, et j'adorais ça.

Chapitre Sept
ALEX

Delilah était chaude et douce et sa bouche avait encore un goût de raisin laissé par le vin qu'elle avait bu. Son odeur m'engloba comme une drogue. Une drogue qui n'était que pour moi, et j'étais accro depuis des années, même si je ne l'avais pas vue depuis tout ce temps.

Sa langue passa sur la mienne, et j'attrapai ses cheveux plus fermement lorsqu'elle se cambra en moi. Quand elle lâcha un gémissement, je grognai en retour.

Delilah ne faisait rien d'artificiel, tout était pur et animal.

J'avais besoin d'être plus près d'elle. *Tout de suite.* En reculant un peu et en brisant notre baiser pour respirer, je la levai contre moi. Elle n'hésita pas avant d'enrouler ses jambes autour de ma taille alors qu'elle passait ses doigts le long de ma mâchoire.

—Juste une nuit, murmura-t-elle.

— Oh, Delilah, il va y avoir bien plus qu'une nuit.

On se fixa du regard. Je savais ce que je ressentais. Quand j'étais à peine un homme et qu'elle était à peine une femme, je n'avais aucun doute sur ce que je ressentais quand j'étais avec elle. Tout semblait *juste*. Les années avaient passé et je pensais ne jamais la revoir. Et tout du long je m'étais demandé, de temps en temps, si ma mémoire me jouait des tours.

Jusqu'à ce que je la revoie, et toutes mes questions avaient alors trouvé des réponses. Ma mémoire était parfaitement juste. Il ne s'était peut-être écoulé qu'une seule soirée depuis que nos vies s'étaient à nouveau rencontrées, mais j'avais l'impression d'avoir trouvé la pièce manquante de mon puzzle.

En la tenant et en tournant pour presser son dos contre le mur, je l'ajustai dans mes bras. Je levai une main pour passer mon pouce sur l'arrondi de sa pommette jusqu'à ses lèvres gonflées.

— Je sais que ça ne vient pas juste de moi. Alors, ne faisons pas comme si on ne ressentait pas ce qu'on ressent, soufflai-je.

La Delilah dont je me souvenais était prudente et un peu renfermée. Ces qualités s'étaient renforcées un peu et je savais qu'elle était sur la défensive de façon plus agressive aujourd'hui. Même si je ne connaissais pas l'histoire de sa vie, je la connaissais *elle*, la personne qu'elle était sous toutes ces choses, la personne qui m'avait attiré toutes ces années plus tôt, et qui m'attirait encore plus aujourd'hui.

Une pointe de vulnérabilité traversa ses yeux juste au moment où l'ascenseur s'arrêta. Sans même détourner le regard d'elle, je tendis la main vers le côté et plantai mon pouce sur le bouton du centre pour que les portes restent fermées. Je n'allais pas couper court à ce moment, car il était trop important.

— Alex, souffla-t-elle, le ton rauque de sa voix ne faisant qu'alimenter l'envie qui me traversait. C'est fou.

Je secouai la tête.

— Non. Ça ne l'est pas. J'étais à moitié amoureux de toi à l'époque, et je ne t'ai jamais oubliée, Delilah. Je sais que nos vies sont très différentes, mais je refuse de faire comme si tout cela n'était qu'un coup d'un soir torride. Je sais que tu ressens la même chose, insistai-je.

J'attrapai sa main, posée sur mon torse entre nous, et posai sa paume sur mon cœur, la maintenant en place. Mon cœur battait fort et honnêtement.

— Tu ne me connais pas vraiment, dit-elle, d'une voix douce.

Sa bouche se tordit d'un côté, et une tristesse s'empara de son regard, suivie par des nuages sombres.

— Peut-être que je ne connais pas tous les détails, tout comme tu ne connais pas tous les détails de ma vie. Je ne te demande pas de me faire des promesses. Je ne veux juste pas me lancer dans cette histoire sur de fausses bases.

L'air autour de nous tremblait, lourd d'années de désir et de souvenirs flous qui se heurtaient au présent, créant des étincelles. Les lèvres de Delilah s'ouvrirent lentement avec un souffle doux avant qu'elle n'acquiesce.

Comme elle l'avait justement fait remarquer, je ne savais pas grand-chose sur elle. Mais je savais qu'elle était le genre de femme qui ne dévoilait pas grand-chose, au point où parfois elle préférait ne rien faire plutôt que d'avouer ce qu'elle voulait. Je sentis une pointe de victoire quand le désir traversa ses yeux. Je me penchai en avant pour prendre ses lèvres avec les miennes. On ne semblait être capable de rien d'autre que des baisers sauvages et chauds, car ce qui était censé être un petit bisou se transforma immédiatement en plus quand sa langue toucha la mienne.

L'ascenseur sonna, indiquant que quelqu'un

appuyait sur le bouton à l'extérieur. J'arrachai mes lèvres aux siennes et la posai doucement.

— Allons dans la chambre, murmurai-je en attrapant sa main et en la tenant fort tandis que j'appuyais sur le bouton et que les portes de l'ascenseur s'ouvraient.

On sortit rapidement, et un groupe de skieurs entra après nous. Nos pas étaient étouffés par la moquette du couloir alors que je courais presque jusqu'à notre chambre. Delilah me suivit sans problème.

À la seconde où la porte se referma derrière nous, Delilah se tourna pour me faire face, libérant sa main pour la passer sous mon t-shirt. Mon souffle siffla entre mes dents. Ma nana était peut-être sur la défensive, mais, quand elle décidait de se jeter dans quelque chose, elle y allait *à fond*.

La sensation de ses paumes sur ma peau ne fit que m'encourager. On ne perdit pas notre temps, nos vêtements tombèrent alors qu'on atterrissait sur le lit, déjà emmêlés, entre deux baisers, et même un gloussement de Delilah quand elle perdit l'équilibre en essayant de retirer ses bottes. Je remerciais les cieux que l'hôtel ait récemment ajouté une petite boutique qui vendait des éléments de voyage au rez-de-chaussée. Je jetai une capote sur le lit, sortie de la petite boite que j'avais achetée plus tôt.

J'étais en caleçon et je levai les yeux pour la trouver en train de passer ses doigts dans ses cheveux emmêlés. La voir comme ça me frappa fort, en plein centre.

Delilah me coupait le souffle. Avec ses cheveux brillants, presque noirs, qu'elle ne prenait même pas le temps de coiffer, ses beaux yeux verts, et ses traits prononcés, ses pommettes hautes, sa mâchoire carrée et ses sourcils sombres, qui se courbaient légèrement.

Elle dégageait une force que seules ses lèvres charnues adoucissaient en contraste avec les angles de ses traits. Quand elle était plus jeune, elle avait un regard plus doux, mais elle était encore plus belle aujourd'hui. Pour moi.

Je ne l'avais jamais vue nue, et elle ne l'était pas encore parfaitement, mais je l'avais vue en bikini presque tous les jours pendant deux semaines en colo. Mais ces souvenirs étaient flous et les années en avaient effacé la clarté. Elle avait grandi, ses seins étaient plus généreux et ses hanches étaient plus rondes. Elle avait une jolie courbe sur son ventre et j'avais envie de l'embrasser. Elle avait de longues jambes musclées. Ses yeux trouvèrent les miens alors que je n'étais pas encore revenu à son visage.

Elle avait une main enroulée sur l'élastique de sa culotte et je secouai la tête.

— Pas encore, dis-je. Viens là.

Elle n'hésita pas, réduisant la distance entre nous et s'arrêtant devant moi, au pied du lit. Mon excitation remplissait mon boxer, me mettant un peu à l'étroit. Je savais que c'était évident et je m'en fichais.

— Alors, dis-moi, honnêtement cette fois, est-ce que tu t'es posé la question ? demandai-je.

Les yeux de Delilah parcoururent mon visage. Ses dents plongèrent dans le coin de sa lèvre, me donnant envie de replonger dans la douce chaleur de sa bouche.

Elle hocha doucement la tête.

— Bien sûr que je me suis posé la question. Et pour que tu saches, si jamais tu m'as écrit, mes parents se sont fait virer de notre appartement pendant que j'étais en colo, donc je n'ai jamais reçu de courrier à cette adresse.

Je rangeai ce détail dans une boite dans mon cerveau pour lui poser la question plus tard. Je n'avais qu'une vague idée de ce que sa vie avait été, mais j'avais l'impression que ça n'avait pas été facile.

— Je t'ai envoyé une lettre, et je me suis demandé pourquoi tu n'avais jamais répondu.

Ses épaules se haussèrent avec sa respiration, retombant lentement pendant qu'elle expirait.

— Ils ont perdu mes bagages sur le chemin du retour, donc je n'avais pas ton adresse non plus. Je suis désolée, dit-elle doucement.

Je me souvenais que je lui avais demandé son numéro de téléphone pour qu'on puisse s'envoyer des SMS, mais qu'elle n'avait pas de portable. Je commençais à comprendre qu'elle ne devait pas avoir eu grand-chose.

— Ce n'est pas grave, dis-je en m'approchant. J'en ai conclu que c'était comme ça que c'était censé se passer.

Elle s'avança un peu plus proche de moi, effaçant ce qu'il restait de distance, ses tétons provoquant la dentelle noire de son soutien-gorge en se frottant contre moi tandis qu'elle se mettait sur la pointe des pieds et passait sa main dans mon cou. Je n'avais pas besoin d'être convaincu. Ma bouche trouva la sienne une seconde plus tard, la dévorant. J'avais envie de la sentir *tout entière*, mais ce n'était pas vraiment possible. Je fis avec ce que j'avais et passai ma main le long de son dos pour attraper ses fesses rondes, savourant le gémissement qu'elle lâcha quand je les pinçai. Quand j'installai mon genou entre ses cuisses, une vague de satisfaction me caressa en sentant l'humidité de la soie contre ma jambe.

Je déposai une trainée de baisers dans son cou, savourant la pointe salée de sa peau, et murmurant contre son corps en passant mes doigts entre ses cuisses.

— Tu es trempée, Delilah. C'est pour moi, tout ça ?

Elle inspira brutalement quand je mordis légèrement la peau à la base de sa gorge. Je passai mes doigts sur la soie mouillée, appuyant un peu sur son clitoris, visiblement gonflé sous sa culotte.

— À ton avis ? répondit-elle d'un ton joueur.

Je ris, sentant la chair de poule naitre sur sa peau sous mes lèvres tandis que je descendais entre ses seins.

— Je vote oui, dis-je avant de prendre l'un de ses tétons dans ma bouche.

Elle hurla, plantant ses doigts dans mes cheveux lorsque j'enroulai ma langue sur sa pointe tendue avant de passer à l'autre sein.

Étant donné que je ne m'attendais pas à revoir Delilah un jour, mes fantasmes à son propos étaient flous. En la tenant dans mes bras, une flamme incarnée avec une peau douce et dont chaque gémissement me rendait fou, je perdis toute capacité d'orchestrer la situation.

J'avais besoin qu'elle soit complètement nue et emmêlée avec moi. C'était la seule chose qui avait une chance de satisfaire l'envie qui me traversait d'une force indéniable.

Je levai la tête et je défis l'attache entre ses seins, grognant presque quand ses seins se libérèrent, ses tétons étaient roses et humides après mes attentions. Elle secoua un peu ses épaules et le soutien-gorge tomba à nos pieds.

Je la soulevai et posai ses hanches sur le lit, puis posai mes mains de chaque côté d'elle, mon visage à quelques centimètres d'elle.

— C'est maintenant ou jamais, dis-je d'une voix emplie de besoin.

— Pour quoi ?

Je ne perdis pas le mouvement subtil de ses cuisses et j'imaginai ses plis se frottant d'avant en arrière, car elle était si mouillée.

— De me dire que tu n'en as pas envie.

Ses cuisses bougèrent à nouveau, son regard soutenant le mien alors qu'elle secouait la tête.

— C'est un « non je ne veux pas aller plus loin » ou un « non tu ne veux pas prendre ce risque » ?

Elle leva une main, passant son doigt sur mes lèvres.

— Revenons à ta question précédente : je suis toute mouillée rien que pour *toi*.

Bordel. Il me paraissait impossible de prendre le dessus avec Delilah, pas quand j'étais déjà esclave de mon besoin, mais je m'en fichais.

Je l'embrassai sauvagement avant d'écarter ses cuisses et de me mettre à genoux devant elle. La soie de sa culotte était trempée quand j'y passai les doigts. En regardant son visage, je savourai cette vue : elle se mordait la lèvre en retenant un petit cri au moment où j'accrochai mes doigts au bord de sa culotte pour l'écarter. Sa chatte était rose, mouillée, et brillante.

Je ne voulais pas attendre, je me penchai en avant et léchai ses plis tandis qu'elle hurlait, une main frappant le lit et l'autre s'accrochant à mes cheveux. Je plongeai un doigt puis un autre dans son canal lisse et goûtai son jus. Elle était tellement expressive, gémissant fort et murmurant mon nom d'une voix saccadée alors que son canal se serrait sur mes doigts.

Quelques secondes plus tard, je la sentis monter dans les tours, les tremblements de son corps s'accélérèrent quand je passai ma langue encore une fois autour de son clitoris avant de l'aspirer doucement. Son corps entier se raidit.

— Alex ! cria-t-elle, tirant assez fort sur mes cheveux pour me faire mal.

Je m'en fichais au plus haut point. Cette douleur était la bienvenue.

Je levai la tête, me laissant l'admirer. Sa peau était humide et ses seins montaient et descendaient avec chaque respiration saccadée. Elle ouvrit enfin les yeux, le regard sombre et flou.

— J'ai besoin que tu sois en moi, dit-elle platement.

Voilà un plan qui me plaisait. Je me levai, retirai mon caleçon et attrapai la capote que j'avais jetée sur le lit pendant qu'elle retirait sa culotte pour la jeter d'un mouvement de cheville. J'enfilai le préservatif avant de poser un genou sur le lit.

Elle recula alors que je m'installais au-dessus d'elle.

— Attends, murmurai-je en essayant de m'abaisser lentement pour ne pas mettre tout mon poids sur elle.

— Oh non, certainement pas, souffla-t-elle durement.

Je ne pus retenir un rire.

— Ne t'inquiète pas, on ne s'arrête pas. Je cherche juste le meilleur angle pour pouvoir te regarder quand tu jouiras sur ma queue.

Delilah se mordit la lèvre quand je nous fis rouler, appuyant mon dos sur les oreillers. Elle suivit le mouvement, installant ses cuisses de chaque côté de moi tandis que ses seins caressaient mon torse et qu'elle levait légèrement les hanches.

— On peut ralentir la prochaine fois, murmura-t-elle en passant la main entre nous, installant ma queue devant son entrée.

Quand je sentis l'excitation mouillée de sa chatte, ma tête se cogna contre la tête de lit et j'attrapai ses hanches d'une prise ferme. Elle m'avala lentement dans son centre, ses muscles serrés m'agrippant plus fort, me faisant presque jouir instantanément. Quand elle s'abaissa complètement et que j'étais enfoui en elle jusqu'à la garde, elle leva les yeux.

J'eus l'impression qu'un éclair passa entre nous. Être en Delilah, c'était comme rentrer chez moi. Je n'avais jamais rien ressenti de plus juste de toute ma vie.

Elle écarquilla les yeux avant de descendre ses hanches à nouveau, se balançant un peu.

— Alex, soupira-t-elle.

— Je sais.

Chapitre Huit
DELILAH

Alors que je regardais Alex dans les yeux, ses yeux si sombres de désir, mon cœur battait si vite et si fort dans ma poitrine que chaque battement résonnait dans tout mon corps. La fusion de nos deux corps semblait si surréaliste, primaire et animale.

Ça faisait un moment – un long moment – que je n'avais couché avec personne. Alex était long et épais, m'étirant assez pour que ça me brûle un peu même si je n'étais pas vierge.

Des larmes piquèrent le fond de mes yeux alors que l'émotion s'écrasait sur moi. Dans la vie, il y avait le désir, puis il y avait ça : cette intensité sauvage que je ressentais avec Alex.

Alex resta immobile, la sensation de ses doigts s'appuyant contre ma peau me donnait une ancre face à la tempête d'émotions et de sensations qui s'abattait sur moi. Il détendit sa prise sur l'une de mes hanches, sa main remontant sur mes côtes, puis son pouce s'arrêta un instant sur mon téton, tendu et douloureux. Puis il écarta mes cheveux de mon visage.

— Delilah, murmura-t-il, d'une voix rauque.

Même si j'avais l'impression d'être en roue libre intérieurement, quand je croisais son regard, je ressentais un calme et une stabilité qui donnait une logique à ce moment. Je me penchai un peu en avant, posai mes lèvres sur les siennes pour un bref baiser. L'électricité traversa nos lèvres et sa main s'emmêla dans mes cheveux. Sa langue joua avec la mienne dans une danse lente et sensuelle tandis qu'il balançait ses hanches, s'enfonçant plus profond.

Je gémis quand mon clitoris se frotta à son pubis, avec juste assez de pression pour me donner une explosion de plaisir. Il appuya sa tête contre la tête de lit quand je me redressai avec un autre gémissement.

Son regard était lourd, plein d'une intensité qui faisait battre mon cœur encore plus fort. Sa main se libéra de mes cheveux pour attraper mes hanches à nouveau, et je me laissai aller au désir profond de bouger.

Je me levai, puis plongeai sur sa longueur à nouveau, le circluant au plus profond de mon être et hurlant alors qu'il se balançait pour me retrouver. J'étais au bord de l'orgasme. À chaque coup de hanches, le plaisir me traversait comme une vague qui s'enroule sur elle-même. Je me sentais me resserrer et l'entendis murmurer mon nom.

— Allez bébé, laisse-toi aller, j'ai besoin de te sentir jouir.

Il passa la main entre nous, passant ses doigts là où nous nous rejoignions. La vague s'écrasa, défaisant mon corps de plaisir alors que je vibrais sur lui. Je le sentis se tendre, sa main s'accrochant à ma hanche tandis qu'il criait mon nom dans un hurlement brutal. Je sentis la chaleur de sa queue battre en moi quand je m'effondrai sur lui, ses bras s'enroulant autour de moi pour me tenir près de lui.

Tandis que je reprenais lentement mon souffle, je sentis le battement de son cœur contre le mien. J'étais épuisée et parfaitement satisfaite. Je ressentais de petites vagues de plaisir qui vivaient encore en moi. Je n'avais pas envie de bouger. De toute ma vie.

Après qu'on se fut démêlés, Alex me convainquit de prendre une douche avec lui. Non pas que cela demanda beaucoup d'effort.

Je m'endormis avec une jambe accrochée à la sienne, ses bras sur mes épaules, me tenant près de lui.

Chapitre Neuf
ALEX

Les lumières devant les fenêtres illuminaient la neige qui tombait sur la station de ski. Delilah rit de quelque chose avant de prendre une gorgée de vin.

— Je vais aller aux toilettes, dit Delilah en posant son verre. Je reviens.

Au moment où Delilah quitta la table, ma sœur trouva mon regard.

— Delilah est super, et tu es dingue d'elle, dit Holly avec un grand sourire, ses yeux marron pétillant.

— Oh, il n'est pas juste dingue d'elle, ajouta Nate. Toi, mon gars, tu es en train de tomber sérieusement amoureux.

Je haussai les épaules, ne ressentant pas le besoin de débattre.

— Oui. J'ai juste besoin de convaincre Delilah que ce n'est pas complètement fou.

Les yeux de Holly brillaient.

— Tu vas te mettre à pleurer ?

Nate sourit, passant son bras sur ses épaules et déposant un baiser sur sa joue.

— L'amour, ça la rend toujours émotive. Tu le sais bien.

— Tu crois qu'elle déménagerait ici ? demanda Holly.

— Peut-être, répondis-je alors que mon esprit revenait à la semaine que nous venions de passer.

Ce moment volé pendant des vacances m'avait complètement retourné la tête et avait ouvert mon cœur. Ce qui était censé être juste une semaine de ski avec des amis et de la famille pour profiter de Noël tous ensemble s'était transformé en bien plus. Mes nuits étaient emplies de Delilah, et je savais que j'étais en train de tomber amoureux d'elle. Je me fichais du fait que ça puisse paraitre fou ou rapide.

Notre serveur passa à notre table pour voir si tout se passait bien et, en levant les yeux, je vis Delilah revenir. Ses cheveux noirs brillaient sous les décorations de Noël accrochées dans le restaurant. Quand elle trouva mon regard depuis l'autre bout de la pièce, mon cœur se jeta contre mes côtes.

Quelques heures plus tard, Delilah se tenait devant les fenêtres de notre chambre alors qu'il neigeait encore dehors. Je levai la branche de gui que Marley m'avait autorisé à voler du restaurant. Je lui avais promis que c'était pour une bonne cause.

Je m'arrêtai à côté de Delilah, passai une main autour de sa taille par-derrière et posai mes lèvres dans le creux de son cou pour quelques baisers.

— Hey, murmurai-je.

— Hey toi, répondit-elle avec ce petit accent qui m'était maintenant familier.

J'étais si amoureux d'elle que je ne savais pas tellement quoi en faire.

Quand elle pencha la tête en arrière pour me regarder, je levai la branche de gui.

— Je crois que ça veut dire que tu dois m'embrasser.

Ses lèvres s'arrondirent en un sourire tandis que ses épaules tremblaient avec son rire.

— Depuis quand tu as besoin de gui pour que je t'embrasse ?

— C'était plutôt pour être dans l'esprit de Noël.

Je déposai un autre baiser dans son cou avant de lever la tête pour attraper ses lèvres, savourant la courbe de son sourire avant de plonger ma langue dans sa bouche.

— Joyeux Noël, murmurai-je avec un sourire en me reculant.

Elle pencha la tête sur le côté avec un grand sourire.

— Joyeux Noël.

Chapitre Dix
ALEX

Janvier

— Delilah, on n'est pas obligés de faire ça comme ça, insistai-je.

Les cils sombres de Delilah se relevèrent tandis que son regard vert clair étudiait mon visage. Mon cœur était serré. Même si nous avions passé deux semaines incroyables ensemble, ma nana n'aimait pas l'idée que cela puisse être plus qu'une amourette de vacances.

Ses lèvres étaient tordues d'un côté et elle leva la main pour passer son pouce sur ma mâchoire, délicatement.

— Alex, tu vis ici, en Alaska. Je vis en Caroline du Nord. Ce sont deux endroits très éloignés. Ces deux semaines ont été incroyables, et je ne les oublierai jamais, mais ne soyons pas ridicules.

Je laissai son sac glisser de mes mains. Le petit son qu'il fit en s'écrasant sur le sol de l'aéroport semblait faire écho à mon cœur. En m'approchant, je passai mes doigts entre les pointes de ses cheveux sombres avant de passer mon autre main sur sa taille pour rapprocher son corps du mien.

— Ce n'est pas ridicule, insistai-je.

Ses yeux s'emplirent d'un regard que j'avais appris à connaitre, comme un nuage qui bloquait le soleil.

— Je suis nulle pour dire au revoir, marmonna-t-elle.

Elle fuit mon regard en posant son front contre mon torse, juste au-dessus de mon cœur. Je sentis sa main caresser mon dos, comme si elle essayait de me consoler.

Quand elle leva la tête à nouveau, son regard était brisé, et son menton offrait une ligne têtue.

— Tu me manqueras, dit-elle simplement avant de se redresser pour m'embrasser rapidement.

— Tu me manqueras aussi.

J'essayai de m'accrocher à elle, mais Delilah avait clairement décidé de ne pas étirer ce moment.

Elle recula soudainement et attrapa son sac.

— Je t'appellerai en atterrissant.

— Delilah… tentai-je de dire.

Elle marcha à reculons, pressant ses doigts contre ses lèvres pour me souffler un bisou.

— Tu me manqueras, Alex, lança-t-elle.

Je commençai à la suivre, mais, malheureusement, j'étais déjà allé aussi loin que je le pouvais avec elle. Nous étions juste devant les portiques de sécurité de l'aéroport. Un agent de sécurité sévère leva la main.

— Désolé, monsieur, vous allez devoir rester ici, sauf si vous avez un billet d'avion.

Vaincu, je regardai Delilah s'éloigner. L'aéroport d'Anchorage n'était pas plein ce matin. Il ne fallut que quelques minutes à ses cheveux noirs pour disparaitre. Elle ne regarda pas en arrière une seule fois.

Je me détournai et traversai l'aéroport avec un sentiment de mélancolie. Quand je sortis, il faisait encore nuit et l'air était agressif et froid. Il ne faisait jamais chaud en janvier à Anchorage. Je supposais qu'il faisait près de -20 avec le vent qui soufflait ce matin.

Le soleil ne se lèverait pas avant plusieurs heures. Pour l'instant, les étoiles brillaient dans le ciel tandis que je montais dans ma voiture et me mettais en route pour Willow Brook.

Je ne savais pas encore comment, mais j'allais convaincre Delilah de voir où notre histoire pouvait nous mener.

―――

— Je suis toujours partante pour une histoire d'amour Alex, mais tu ne peux pas t'attendre à ce que Delilah se dise qu'une relation longue distance en vaut la peine si tu ne lui dis pas ce que tu ressens, dit Holly.

— Je lui ai dit ce que je ressentais, protestai-je.

— Ce que tu ressens pour qui ? demanda Janet alors qu'elle s'arrêtait à notre table pour me déposer mon bagel au fromage à tartiner et le croissant de Holly.

— Alex est amoureux, mais il refuse de dire le mot amour, dit Holly méchamment avant de mordre dans son croissant pour me laisser face au regard curieux de Janet.

Nous petit-déjeunions au Firehouse Café. Janet était la propriétaire et je la connaissais depuis que j'étais bébé. Sa tresse grise était enroulée en un chignon sur le sommet de sa tête et ses joues rondes s'étiraient avec un sourire tandis qu'elle me regardait.

— Tu es amoureux ? Il me faut toute l'histoire. Et

comment ça se fait que je n'aie pas entendu parler de ça plus tôt ? lança Janet.

Je n'essayai même pas de cacher mon soupir.

— Quand on est allés skier à Diamond Creek pendant les vacances, j'ai croisé une fille que je connaissais quand j'étais au lycée.

— Oh, elle est de Willow Brook ? répondit Janet.

Je refusais de regarder ma sœur parce que je savais qu'elle prenait beaucoup trop de plaisir à me mettre dans cette situation.

— Non, Delilah ne vient pas de Willow Brook. On s'est rencontrés un été quand j'étais en colo dans le Colorado.

— Et vous vous êtes tous les deux retrouvés au Last Frontier Lodge à Noël ? Oh, c'est le destin, ça.

Janet posa sa main sur son cœur en me regardant, ses yeux brillaient presque.

Je pris une gorgée de mon café avant de répondre.

— Elle ne voit pas ça comme ça. Elle est retournée en Caroline du Nord et pense que c'est ridicule d'essayer d'avoir une relation longue distance.

Holly avait terminé sa bouchée et offrit son avis.

— Mais Alex n'a pas dit à Delilah qu'il était amoureux d'elle, dit-elle de façon très directe. Je lui ai dit qu'il ne peut pas lui demander de se lancer là-dedans s'il n'est pas honnête sur ce qu'il ressent.

— Merci pour tes conseils, marmonnai-je.

Janet nous regarda tous les deux avec un sourire affectueux.

— Peut-être qu'il n'était pas prêt. La seule chose que tu peux faire, c'est essayer, dit-elle alors que quelqu'un l'appelait dans la cuisine.

Avec une tape sur l'épaule, elle repartit rapidement.

Le regard calculé de Holly soutint le mien.

— Elle a raison. Tu peux juste essayer.

— Pourquoi est-ce que tu te précipites directement sur le mot « amour » ? demandai-je avec une honnête curiosité.

Je ne voulais pas réfléchir au fait que mon cou me grattait rien qu'en pensant à ce mot.

— Parce que je ne t'ai jamais vu te comporter comme ça avec une femme. De toute ma vie. Peut-être que c'est un peu tôt, et je comprends. Mais tu ne peux pas t'attendre à ce que quelqu'un fasse autant d'efforts pour une relation quand vous êtes si loin l'un de l'autre si tu ne lui dis pas *à quel point* tu es sérieux.

Je pris une bouchée de mon bagel, le mâchant tout en réfléchissant à ses mots. Après avoir terminé ma bouchée, j'acquiesçai.

— Je comprends ce que tu veux dire. Je ne suis pas sûr de comment faire, mais je vais appeler Delilah ce soir.

Holly termina son croissant et posa sa tasse de café vide sur son assiette.

— Bien. En attendant, il faut que j'aille au boulot.

Holly se leva et enfila son manteau par-dessus sa blouse d'infirmière. Elle travaillait aux urgences de Willow Brook. Avec un petit sourire et un coucou, elle partit. Je terminai mon bagel seul, regrettant que Delilah ne soit pas là avec moi.

— Alex ! lança une voix.

C'était des heures plus tard, et je m'occupais au travail.

Je n'avais pas reconnu la voix parce que j'avais la tête enfouie dans le moteur d'un petit avion. Je serrai le boulon sur la pièce que je venais de changer. En reculant, je me redressai et attrapai le chiffon posé sur le tabouret à côté de moi pour m'essuyer les mains.

En levant la tête, je vis Nate s'approcher.

— Te voilà, dit-il en passant l'une des portes du hangar à avions où je travaillais aujourd'hui.

— Oui, me voilà, ris-je en jetant mon chiffon au sol pour attraper ma bouteille d'eau et avaler une gorgée. Quoi de neuf ?

— Je me demandais si tu avais du temps en rab aujourd'hui pour jeter un œil à un de mes avions. J'ai un problème de ventilateur.

— Bien sûr. J'ai toujours du temps pour toi.

Nate sourit.

— Je préfère ne pas supposer.

— Mec, on est meilleurs potes depuis qu'on est petits, et maintenant tu es marié à ma sœur. Holly me botterait le cul si je ne trouvais pas de temps pour toi.

Nate haussa les épaules.

— Peut-être. Je te paierai quand même.

Je gloussai.

— Je sais. Je suis pas bête à ce point-là.

En jetant un œil à ma montre, j'ajoutai :

— J'ai du temps tout de suite d'ailleurs. C'est une journée calme pour moi aujourd'hui. Laisse-moi me laver les mains et on peut aller à ton hangar tout de suite.

— Ça me va.

Nate m'accompagna vers l'évier industriel installé dans le coin. Je couvris rapidement mes mains de savon aux agrumes, qui permettrait de décoller la graisse de moteur qui m'avait peint les mains depuis ce matin. En tant que mécanicien d'avion en Alaska, j'avais la chance de pouvoir diriger ma propre boite et d'accepter les missions que je voulais. L'Alaska avait un réseau de petits aéroports (on utilisait le terme « aéroport » assez librement) étant donné que de nombreuses zones étaient en campagne et forêt profondes.

J'avais des contrats avec la principale compagnie aérienne d'Anchorage et de Fairbanks, mais mon gagne-pain était le travail que je faisais sur les petits avions un peu partout dans le Centre-Sud de l'Alaska. Nate était pilote, tout comme moi, mais je ne volais que pour le plaisir. Il gérait une compagnie de transport pour les pompiers forestiers basés à Willow Brook. Il était l'un des nombreux pilotes qui combattaient les incendies depuis le ciel, lâchant des produits ignifuges et de l'eau sur les foyers d'incendie quand l'un d'eux débutait pendant les longs étés secs d'Alaska.

Nate avait plusieurs avions qu'il entreposait à l'aéroport de Willow Brook. Il me guida jusqu'au hangar principal qui abritait deux de ses avions.

— Tu penses que c'est quoi, le problème ? demandai-je alors qu'il ouvrait le capot.

— Je suis pas sûr. Le ventilateur fait un bruit étrange. Je garde l'avion au sol cette semaine jusqu'à ce que tu aies le temps d'y jeter un œil.

— Laisse-moi regarder.

Un instant plus tard, je pouvais voir un boulon desserré au niveau de l'attache du ventilateur. En regardant de plus près, je remarquai de la rouille.

— Tu avais raison sur le bruit. Je pense que ça affecte un peu la rotation, commentai-je. Je remplacerai le ventilateur plus tard. C'est juste le boulon, mais c'est plus intelligent de remplacer le tout. Et j'en ai un en stock.

L'estomac de Nate grogna fort quand je me relevai.

— Tu as faim ? me moquai-je.

— Mon estomac répond à ta question, non ?

Il leva les yeux au ciel.

Je gloussai. Sans doute.

— Et si on allait déjeuner ensemble ? Je peux m'occuper de ce ventilateur cette après-midi.

En peu de temps, pour la deuxième fois cette semaine, je m'installai sur une chaise à une petite table ronde du Firehouse Café. Il n'y avait pas énormément de choix en termes de restaurant à Willow Brook, et le Firehouse Café était mon préféré. Il était installé dans l'ancienne caserne de la ville et avait été rénové pour devenir un petit coin mignon, avec un sol en béton taché de peinture, des tableaux au mur et la présence amicale de Janet.

Elle s'approcha de notre table avec un grand sourire.

— Salut, les garçons, je vous annonce le plat du jour ?

— Toujours, répondit Nate.

Janet fit la liste des plats du jour. Dès qu'elle eut terminé, je dis :

— Je vais prendre le burger de saumon au vinaigre balsamique et sirop d'érable avec des frites.

— Pareil pour moi, ajouta Nate.

— Du café ? répondit Janet en notant nos commandes sur un petit carnet.

— S'il te plait. Le café de la maison ira très bien.

Après que Nate eut acquiescé pour la même chose, Janet fila. Le café était presque plein cette après-midi, mais c'était le cas tous les jours, dès qu'il était ouvert.

— Holly me dit que Delilah te manque, commença Nate, mettant les pieds dans le plat, sur un sujet qui occupait sans cesse mon esprit.

— Tu sais, ce qui me dérange le plus dans le fait que vous soyez ensemble, c'est que vous vous dites tout. Avant vous vous parliez à peine, marmonnai-je.

Nate me lança un sourire amusé.

— Et alors ? Ce n'est pas le problème. Mon

problème, c'est de savoir ce que tu as l'intention de faire à propos de Delilah ?

S'il fallait parler de ça avec quelqu'un, ce serait bien Nate.

— Quand elle est partie, j'ai essayé de la convaincre...

Nate m'arrêta tout de suite.

— Ouais, un truc longue distance. Mec, t'es en Alaska, et elle est en Caroline du Nord. De ce que je vois, si tu veux vraiment que ce soit un vrai truc et sur le long terme, alors soit elle vient là, soit tu vas là-bas.

Je ne savais pas comment nommer l'émotion qui me traversa. C'était un mélange d'anticipation et d'anxiété, et possiblement teinté par une pointe de peur. Je n'avais pas l'habitude de prendre des risques. Honnêtement, je n'y avais jamais pensé quand il s'agissait d'une relation.

Mais je savais que Delilah hantait mes souvenirs depuis cet été-là. Jusqu'à ce que nos mondes se rencontrent à nouveau, je m'étais dit que ce n'était rien. Allais-je vraiment la laisser partir ?

Le regard de Nate s'assombrit en me regardant.

— Tu ne rigoles pas, hein ? lançai-je.

— Non. Tu es mon meilleur ami. Je ne plaisanterais pas sur quelque chose de ce genre. Je ne veux pas que tu déménages en Caroline du Nord, mais il est évident que Delilah compte beaucoup pour toi. Je crois que ce serait bête de la laisser filer.

— Depuis quand es-tu un expert en histoires d'amour ?

J'essayai de changer le sujet.

Nate pencha la tête sur le côté, avec une pointe de compréhension dans son regard.

— Je ne dis pas que je suis un expert, même si je m'y connais plus que toi. Tu n'as jamais été sérieux à propos de qui que ce soit. Je te connais assez bien, et je vois bien qu'elle t'a touché. Agis en conséquence.

— J'en ai envie, dis-je en passant ma main dans mes cheveux avant de m'adosser à ma chaise.

À ce moment-là, Janet arriva avec nos cafés, les posant rapidement sur la table avec deux verres d'eau.

— Vos plats arrivent dans quelques minutes, dit-elle avant de repartir rapidement.

Heureusement pour moi, Nate était le seul à m'interroger cette après-midi. Janet était bien trop occupée pour se joindre à lui comme ce matin.

— Je n'arrive simplement pas à m'imaginer déménager en Caroline du Nord. J'adore ma vie ici, commentai-je après quelques gorgées de café.

Nate prit une longue gorgée de son café, son pouce suivant le bord du mug avant de me regarder en posant sa tasse.

— Rien n'est certain. Mais si tu veux que Delilah voie votre histoire comme quelque chose de plus qu'une amourette de vacances, il va falloir que tu sois prêt à faire des sacrifices. Je vais être honnête, je crois que ça vaut le coup d'essayer, mais, moi, je serais incapable de faire un truc sur le long terme si Holly était à des milliers de kilomètres d'ici et que j'étais là. Je déménagerais si c'était ce qu'il fallait pour être avec elle. Il faut juste que tu sois prêt à essayer de réfléchir aux autres options.

Je fixai mon plus vieil ami du regard et hochai lentement la tête.

— Je vais y réfléchir.

Chapitre Onze
DELILAH

Février

J'appuyai sur le bouton pour éteindre ma voiture. Le moteur cessa son ronronnement et le silence s'installa autour de moi. Les arbres étaient couverts d'une fine couche de neige, leurs branches nues de feuilles et sombres face au ciel gris. Devant moi se trouvait la maison de mes parents.

Ils vivaient dans cette maison depuis cinq ans maintenant, ce qui était un record pour eux. Un vrai choc : ils possédaient même la maison et le terrain sur lequel elle était installée. Je trouvais une pointe de réconfort dans cette idée.

Un réconfort accompagné d'une morsure de deuil. Ils possédaient cette maison, car ma grand-mère l'avait léguée à ma mère en mourant. Ma grand-mère me manquait profondément. Elle avait été l'un des piliers de mon enfance. À la seconde où je pensai à elle, Alex entra dans mon esprit.

Ça m'énerva presque de me souvenir de lui alors

que je pensais à elle. Mamie était la raison pour laquelle j'étais allée à ce camp de vacances dans le Colorado quand j'étais au lycée. Elle m'avait aidée à remplir le formulaire de candidature. Mon conseiller d'orientation avait envoyé les papiers directement chez elle plutôt que chez mes parents, très intelligemment. Car mes parents n'étaient pas assez stables pour rester très longtemps au même endroit quand j'étais enfant. Maintenant qu'ils n'avaient pas à payer de loyer, ça n'avait plus d'importance.

Le fait de penser à Alex envoya une décharge de manque dans mon esprit, si perçante que je ressentais une douleur physique autour de mon cœur. Je pris plusieurs profondes inspirations et forçai la douleur à disparaitre.

La porte de ma voiture grinça un peu quand je l'ouvris. Les feuilles mortes couvertes de neige craquèrent sous mes bottes tandis que je m'approchais du porche de mes parents. Je frappai doucement à la porte avant de tourner la poignée et d'appeler :

— Maman ? Papa ? C'est moi.

— Salut chérie, lança ma mère depuis la cuisine.

Je refermai la porte derrière moi, laissant mes yeux se poser sur ce salon familier. Les meubles étaient tous les mêmes que quand ma grand-mère était en vie. Il y avait un canapé rembourré et deux fauteuils de chaque côté. Elle adorait ce genre de décor campagnard. Il y avait de jolis rideaux avec un motif de cerises. Tout était un peu poussiéreux.

Le visage de ma mère apparut sous l'arche qui séparait la cuisine et le salon.

— Un café ?

— Avec plaisir.

Je tapotai mes bottes dans l'entrée pour en retirer

la neige et les laissai à côté de la porte pendant que j'ouvrais mon manteau.

Ma mère remplissait deux tasses de café sur le comptoir quand j'entrai dans la cuisine.

— Assieds-toi, dit-elle en désignant une table ronde près de la fenêtre.

La vue était sympa ici. Ce petit terrain était installé sur l'un des côtés de Stolen Hearts Valley. Les montagnes Blue Ridge s'étendaient au loin, et la vallée débutait au bout du jardin. L'horizon célèbre de ces montagnes bleues était surtout constitué de nuances de gris et d'argent aujourd'hui. Observer les montagnes aussi me faisait penser à Alex.

Les montagnes sombres et incroyables d'Alaska étaient tout aussi belles que les Blue Ridge, mais me paraissaient si différentes. Ici, on avait l'impression d'être protégés par l'étreinte des vallées qui se succèdent. En Alaska, les montagnes étaient hautes et sombres face au ciel. Comme une présence venue d'un autre monde, leur capacité à vous faire vous sentir minuscule et humain pouvait vous couper le souffle.

Je repoussai mes pensées d'Alex. Il ne m'aidait pas à l'oublier cependant. Il m'avait écrit tous les jours et m'avait appelée tous les soirs. J'adorais ça et je détestais à quel point j'adorais ça.

Ma mère s'assit en face de moi, écartant une mèche de cheveux noirs et gris de ses yeux. On avait les mêmes couleurs. Ses yeux vert clair étaient aussi brillants que d'habitude.

— Comment ça va ? demanda-t-elle en me tendant un mug de café noir.

— Ça va. J'ai du boulot.

Je pris une gorgée de mon café, savourant ce goût riche.

— Le café est bon, ajoutai-je en reposant ma tasse sur la table.

— Tu es un peu tristoune depuis que tu es revenue d'Alaska, commenta-t-elle.

— Ah bon ? lançai-je.

Ma mère avait un sixième sens qui me déstabilisait. Après une enfance avec une mère bien trop instable et qui acceptait les idées folles de mon père, ma mère avait fini par se ranger et on essayait lentement de construire une relation.

Elle pencha la tête sur le côté, tapotant son doigt lentement sur la table.

— Oui, vraiment. Qu'est-ce qu'il s'est passé ?

— Vraiment, maman ? Rien. C'était de bonnes vacances, et maintenant je suis de retour au boulot. C'était sympa de prendre une pause des cours et du bar pendant deux semaines. C'est tout.

J'étais sur la défensive, et je le savais, mais je n'avais pas envie de perdre mon temps à penser aux choses que je ne pouvais pas avoir.

— Papa est levé ? demandai-je en sachant que ce changement de sujet ne plairait pas à ma mère.

Ma mère secoua la tête.

— Non. Et je suis sûre que tu t'en doutais déjà.

Je sentis une pointe de culpabilité dans ma poitrine, une petite brûlure juste au-dessus du cœur. Parce que je le savais, en effet.

— Maman, pourquoi tu restes ? murmurai-je.

Elle prit une gorgée de café et soupira de façon presque inaudible quand elle reposa sa tasse sur la table.

— Je sais que ton père ne t'a pas rendu la vie facile. Je regrette beaucoup des choses qui sont arrivées quand tu étais petite.

Elle soutint mon regard depuis l'autre côté de la table.

— Il est malade maintenant. Et même s'il ne le mérite pas, je sens juste que je ne peux pas l'abandonner maintenant.

Mon estomac me parut vide.

— Comment ça, il est malade ?

— On a appris ça avant tes vacances, mais je ne voulais pas te le dire parce que je ne voulais pas que tu annules ton voyage. Je n'ai t'ai pas vue plus de quelques minutes depuis que tu es revenue. Il a un cancer, un cancer du côlon. Plutôt avancé. On sait bien que ton père n'a jamais aimé les docteurs. J'aurais voulu pouvoir te donner plus de stabilité, mais j'étais jeune et je n'étais pas forte. Je suis désolée.

— Maman, tu n'as pas à... commençai-je.

Elle secoua la tête avec force et je me tus.

— J'ai besoin de te demander pardon. Tu es une femme incroyable, et je suis tellement fière de toi. Tu prends soin de toi, tu travailles dur, tu finances tes études d'infirmière toute seule, mais, plus que tout, tu es gentille et généreuse. Je veux que tu saches à quel point je suis fière de toi, que tu n'en doutes pas une seule seconde. Je sais aussi que tu t'en sors alors que toutes les chances n'étaient pas de ton côté. Sans ma mère, ta grand-mère, ta vie ne serait peut-être pas ce qu'elle est aujourd'hui. Et nous voilà ici maintenant, et je veux faire les choses comme il faut. Je prie tous les soirs pour savoir quoi faire. Et je pense que je ne pourrais pas me regarder dans le miroir si je n'essayais pas de rendre les derniers mois de la vie de ton père un peu plus confortables.

C'était sans doute la conversation la plus honnête que j'avais jamais eue avec ma mère à propos de ce que notre vie avait été quand j'étais enfant. J'avais toujours aimé ma mère. J'aimais aussi mon père, malgré ses tendances alcooliques et ses mots sans compassion. Heureusement, il n'avait pas l'alcool particulièrement violent.

Le sentiment de vide dans mon estomac s'intensifia et mon pouls s'accélérait de façon irrégulière et tremblante.

— Les mois ?

Ma mère hocha la tête.

— Oui. Ils lui donnent quatre à six mois. C'est assez avancé pour qu'ils ne lui recommandent pas de chimiothérapie. Il n'en veut pas dans tous les cas. Ces jours-ci, il dort tard parce qu'il est fatigué et se sent malade, pas parce qu'il est saoul.

Ma mère m'offrit cette information avec un regard vaincu et ferme. J'enroulai ma main sur ma tasse de café comme si la chaleur pouvait m'offrir un phare dans la tempête. J'en avais voulu à mon père pendant des années, et, soudainement, ma rancœur s'était évaporée.

— Tu fais la bonne chose, dis-je, et je le pensais.

Je savais que c'était vrai. Ma mère était une personne loyale et elle tenait ses promesses. J'avais espéré de nombreuses fois qu'elle brise sa promesse de mariage, mais sa loyauté était partie intégrante de qui elle était.

— Je sais. J'espère juste que tu peux me comprendre.

— Bien sûr que je comprends.

Je tendis la main vers elle et serrai fort la sienne. Ses lèvres s'étendirent en un sourire fatigué.

— D'habitude, il est debout quelques heures en soirée. Si tu veux passer, ce serait le moment où le voir.

— Il faut que je travaille ce soir, mais je suis libre dimanche soir.

Ma mère hocha la tête et prit une gorgée de son café, un son qui résonna fort dans une cuisine silencieuse. J'entendais le tic-tac de l'horloge accroché au-dessus de la gazinière et le corbeau qui croassait dans les arbres dehors, un son perçant dans l'air frais de l'hiver.

— Maintenant, parlons d'autre chose, commença ma mère. S'il y a bien une chose que j'ai apprise depuis le diagnostic de ton père, c'est que ça n'aide pas de rester dans sa tristesse.

— J'ai rencontré quelqu'un, dis-je impulsivement.

L'honnêteté directe de ma mère m'avait sans doute inspirée, même si je m'étais surprise moi-même en lâchant ces mots.

Un petit sourire étira les lèvres de ma mère.

— Vraiment ?

— Il s'appelle Alex, et il vit en Alaska. C'est un peu fou, mais je ne sais pas si tu te souviens de l'été où je suis allée en colo dans le Colorado ?

— Si, bien sûr. Tu avais passé un super été. Tu étais tellement triste qu'on n'ait pas fait suivre notre courrier. Qu'est-ce que ça a à voir avec Alex en Alaska ?

— Crois-le ou non, je l'avais rencontré en colo. Je me suis dit que je ne le reverrais jamais. J'étais dans tous mes états pour le courrier parce que je lui avais donné notre adresse pour qu'il m'écrive. Et si tu te poses la question, il m'a dit qu'il m'avait en effet envoyé une lettre. Bref, je me suis retrouvée coincée dans la neige, et c'est lui qui s'est arrêté pour m'aider. Un vrai hasard.

Ma mère haussa les sourcils.

— Et ? Dis-m'en plus !

Donc je lui racontai tout ce qui s'était passé, sauf pour les parties de jambes en l'air torrides. Je terminai avec :

— Et c'est tout. Je suis là, il est là-bas, et c'est bien trop éloigné pour une relation longue distance raisonnable.

Ma mère plissa les yeux et me gronda du regard.

— Ne sois pas ridicule. Pourquoi est-ce que tu ne vas pas en Alaska ? Il n'y a rien qui te retient ici.

— Maman, tu viens de me dire que papa était mourant. Je ne vais pas partir comme ça. Et puis, toi, tu es ici.

— Oui. Mais on restera en contact. Attends peut-être que ton père soit parti, mais ne coupe pas les ponts avec ce gars. Tu m'as dit qu'il voulait vous donner une chance. N'aie pas peur de prendre ce risque.

Chapitre Douze
DELILAH

N'aie pas peur de prendre ce risque.

Les mots de ma mère tournaient en boucle dans ma tête depuis le début de la soirée. Heureusement, j'étais capable de gérer ce bar les yeux fermés, littéralement.

Je préparai une margarita et servis une bière pression tout en repensant à la conversation que j'avais eue avec ma mère.

— Et voilà, dis-je en faisant glisser la bière d'un côté et la margarita de l'autre.

Je comptai la monnaie et passai rapidement à la suite.

Soudainement, je ressentis une chair de poule à l'arrière de mon cou, et un éclair traversa ma colonne vertébrale. *C'est impossible qu'Alex soit là.*

— Delilah.

Je *connaissais* cette voix. J'avais un souvenir vivace des yeux d'Alex se plantant dans les miens juste avant que mon cœur ne se serre et que j'explose en hurlant son nom.

Ne te retourne pas. Tu entends des voix.

Mon corps ne m'écouta pas, comme toujours. En me retournant, je ne pus m'empêcher de rester bouche bée quand je le vis se tenir au bord du bar. Ses cheveux étaient ébouriffés comme s'il y avait passé la main trop de fois. À la seconde où ses yeux marron trouvèrent les miens, mon cœur se retourna dans ma poitrine et mon estomac se remplit de papillons frénétiques.

— Eh bah ! Je n'aurais jamais pensé voir Delilah sous le choc, dit Griffin par-dessus mon épaule.

Je jetai un œil à mon collègue de ce soir, et tout ce dont j'étais capable, c'était de secouer la tête. Mes yeux revinrent vers Alex par réflexe, m'attendant presque à ce qu'il disparaisse soudainement.

Oups. Il était encore là. En chair et en os. Il posa son coude sur le bar, un sourire lent s'emparant de son visage et lançant des étincelles partout dans mon corps. J'avais l'impression d'avoir mis le doigt dans une prise électrique et qu'une secousse d'émotions me traversait.

L'émotion la moins familière qui m'envahissait était la joie. Je ne savais même pas comment réagir au degré de bonheur que je ressentais en le voyant.

Griffin me tapa sur l'épaule.

—Je crois qu'il faut que tu fasses une pause.

Quand je regardai à nouveau mon collègue, je le vis regarder Alex, et c'était comme s'ils avaient communiqué en silence.

— Viens à l'arrière, dit Griffin, passant devant moi. J'étais toujours figée sur place, debout sur les tapis en caoutchouc qui couvraient le sol en bois derrière le bar.

Griffin leva simplement la section du comptoir qui ouvrait le bar, faisant signe à Alex de passer derrière le bar.

— Delilah est en pause. D'ailleurs, son service est terminé pour la soirée.

Je ne savais pas ce que Griffin avait vu sur mon visage, mais je n'avais pas le temps de l'engueuler, et je n'avais certainement pas l'organisation mentale nécessaire pour trouver mes mots de façon si spontanée. J'avançai dans un brouillard.

Un instant plus tard, la porte du couloir arrière se referma derrière moi, et je levai les yeux vers le visage d'Alex. Mon pouls dansait et j'avais l'impression que mon corps allait se lever du sol à tout moment pour léviter, seule réaction suffisante pour digérer la présence d'Alex.

— Qu'est-ce...

Ma question se termina quand Alex s'avança vers moi et me prit dans ses bras.

J'enfouis mon visage contre son torse et enroulai mes bras autour de sa taille, savourant son étreinte. Chaque molécule de mon corps vibrait d'excitation et se calma lentement à son toucher. Alex était une ancre me stabilisant au milieu de la tempête d'émotions qui grondait en moi.

En prenant plusieurs inspirations tremblantes, je savourai son odeur, fraiche et boisée. Il réussissait à toujours transporter une odeur de neige.

— Tu sens la neige, dis-je contre son torse.

Son rire vibra en moi.

— C'est parce qu'il neige dehors, ma belle. Je n'ai pas ramené la neige d'Alaska avec moi.

Je levai enfin la tête et me penchai en arrière.

— Qu'est-ce que tu fais là ?

Je terminai la question que j'avais commencée plusieurs secondes auparavant.

— Tu me manques. Donc j'ai pris un billet d'avion et je suis venu te voir.

Waouh. Le simple fait d'entendre sa voix me faisait frissonner, le tout suivi par une vague d'émotions si intense que j'avais l'impression que j'allais pleurer. Je ne pleurais pas souvent et je n'avais pas l'intention que ça change, donc je pris une grande inspiration et clignai des yeux de nombreuses fois.

— Tu aurais pu me prévenir que tu venais.

Alex haussa les épaules.

— Oui, j'aurais pu. Et tu m'aurais sans doute dit de ne pas m'embêter. Je te connais.

Je me sentis soudainement gênée, une émotion que je ne ressentais pas souvent. Mais peu de gens pouvaient lire en moi comme Alex.

Chapitre Treize
ALEX

Mon cœur battait fort tandis que je fixais les yeux vert clair de Delilah. Elle se mordit la lèvre, ses dents blanches écrasant sa peau gonflée. Ça faisait tellement de bien de la tenir dans mes bras à nouveau.

Chaque cellule de mon corps semblait avoir pris feu, ma queue avait doublé de volume et s'écrasait contre ma fermeture éclair. Je ne pouvais même pas être romantique avec Delilah. Un désir pur s'emparait de moi dès que je m'approchais d'elle.

Ses yeux parcoururent mon visage et ses lèvres s'étendirent en un sourire.

— C'est pas facile de me prendre de court, murmura-t-elle alors que ses joues prenaient une teinte rose.

— J'imagine. Tu es bien trop blasée pour les surprises.

Elle cligna des yeux à nouveau et je levai la main pour la passer dans ses cheveux soyeux.

— Tu m'as manqué, répétai-je. Au cas où tu n'avais pas remarqué.

Elle leva la tête à nouveau.

— Donc tu veux dire que tu n'écris pas à toutes les filles que tu connais tous les jours ? lança-t-elle d'un ton léger.

Je savais que les inquiétudes de Delilah n'avaient pas nécessairement à voir avec moi, mais ça me blessait quand même. Un petit peu.

— Oh, ça non. Il n'y a qu'une seule fille de colo que je n'ai jamais oubliée.

La porte du couloir s'ouvrit et Delilah fit un saut en arrière. Le gars qui lui avait dit qu'elle pouvait rentrer chez elle passa la porte.

— Désolé, dit-il en jetant un œil vers nous. J'ai besoin d'un fût d'IPA.

Delilah traversa le couloir à toute vitesse, lançant par-dessus son épaule :

— Alex, je te présente Griffin. Griffin, c'est Alex.

Griffin me lança un sourire.

— Ravi de te rencontrer. Je peux m'en occuper, tu sais, lança-t-il à Delilah en la suivant dans le couloir.

Elle passa la porte du fond et revint avec un fût de bière.

— Je bosse aussi. Je ne vais pas te laisser seul toute la soirée. C'est blindé.

Griffin me regarda puis regarda Delilah à nouveau.

— Comme je te l'ai dit, ton service est terminé. Je peux gérer.

Je restai silencieux. J'étais arrivé sans prévenir. Je pouvais facilement attendre quelques heures si Delilah préférait travailler. Mais pour être clair : je voulais être *seul* avec elle le plus tôt possible.

Delilah mordit sa lèvre inférieure en regardant Griffin puis moi. Il lui prit le fût de bière des mains, commentant :

— Force-la à partir d'ici s'il le faut.

— Je pars, je pars, insista-t-elle. Tu es sûr que ça ne te dérange pas ?

Griffin repartait déjà vers le bar.

— Tellement pas. Je récupère tous les pourboires.

Delilah leva les yeux au ciel.

— Merci. Je t'en dois une.

Alors que Griffin ouvrait la porte avec son épaule, le bruit constant des voix du bar remplit le couloir. La porte se referma et les sons disparurent à nouveau.

Delilah me regarda avant de se retourner.

— Je vais chercher mon manteau et mon sac.

Je m'adossai au mur et attendis. Un instant plus tard, elle revint, enfilant ses bras dans un manteau en fourrure et passant la lanière de son sac sur son épaule.

— Tu es venu en voiture ?

Elle s'arrêta devant moi et leva les yeux.

J'entendis à peine sa question parce que j'avais *besoin* de l'embrasser. Je ne pouvais pas attendre une seconde de plus. En m'écartant du mur, je la tirai vers moi à nouveau, levant la main pour passer mon pouce sur sa mâchoire.

— Tu m'as manqué, murmurai-je juste avant de pencher la tête pour passer mes lèvres sur les siennes.

J'avais l'impression qu'un éclair passait entre nous, cette sensation m'enflammant de partout. Delilah soupira doucement et se cambra vers moi. Une seconde plus tard, j'embrassais ses lèvres. Sa langue sortit pour s'emmêler avec la mienne alors que je plongeais dans la chaleur sucrée de sa bouche.

Embrasser Delilah était la meilleure chose au monde. Un désir puissant traversa mes veines lorsqu'elle se cambra à nouveau contre moi. Nous étions tous les deux entièrement habillés et cachés sous des manteaux d'hiver, mais quand je me reculai, la chaleur brûlante de ce baiser me donnait l'impression d'être entièrement à nu.

Les yeux de Delilah s'étaient assombris et son souffle était court. Mon cœur, quant à lui, battait la chamade et j'avais du mal à reprendre ma respiration.

— On devrait y aller, murmura-t-elle.

— Je te suis.

Après une petite confrontation sur le parking du bar où Delilah travaillait, j'avais fini par accepter de la suivre chez elle dans la voiture que j'avais louée. Égoïstement, je voulais qu'elle soit à côté de moi tout de suite. Mais Delilah était têtue, et je ne pensais pas qu'insister sur ce sujet en valait la peine.

Je la suivis dans sa petite voiture de ville sur les routes sombres. Il neigeait légèrement, les flocons brillaient sous les lumières des phares. Les routes de montagne étaient sinueuses. Je n'aimais pas penser au fait qu'elle rentrait seule la nuit quand il neigeait tout l'hiver.

Quand on arriva devant un petit immeuble, j'enfilai mon sac à dos sur mes épaules et la suivis dans les escaliers. Elle alluma la lumière quand on entra chez elle et me regarda. Son regard était défensif et elle avait l'air inquiète. Elle fit tourner ses mains dans les airs et désigna vaguement la pièce.

— C'est pas grand-chose. Je... je suis pas très riche. J'essaie de garder un loyer bas parce que je suis mes cours en ligne, expliqua-t-elle.

Delilah se détourna rapidement, retirant son manteau et ses bottes.

— Tu peux accrocher ton manteau là.

Elle désigna une rangée de crochets non loin de la porte.

Je l'imitai, accrochant mon manteau et retirant mes chaussures. Son appartement était petit, propre et bien rangé. C'était une seule grande pièce pour le salon et la cuisine avec deux portes au fond. Je supposais que l'une des portes menait à la chambre et l'autre à la salle de bains.

Une fenêtre donnait sur la rue. Delilah traversa la pièce et ferma les rideaux.

— Tu as faim ? demanda-t-elle en se dirigeant vers la petite cuisine où se trouvait une table ronde.

Le salon comportait un grand canapé d'angle couleur crème avec plein de coussins et une table basse.

— Oui, pour être honnête, dis-je. Tu n'es pas obligée de cuisiner en revanche.

— Commandons une pizza. Il y a une pizzéria en bas de la rue et ils livrent.

Delilah et moi partagions un dîner tardif. On commanda une pizza et j'appris qu'elle préférait les pepperonis. Ce qui n'aurait pas dû être une surprise. Car c'était ma pizza préférée aussi.

J'appris que Lost Deer Brewery faisait une délicieuse bière brune, et j'appris que j'adorais être sur un canapé avec Delilah, ses pieds sur mes jambes, la boite de pizza sur ses cuisses. On mangea notre pizza en regardant une émission de vente de maisons.

Delilah me posa des questions sur mon boulot à Willow Brook. Je ne pus m'empêcher de remarquer que dès que je lui posais des questions sur sa vie ici, elle ne me donnait que des réponses très vagues. Elle semblait maitriser à merveille la capacité à répondre sans dire quoi que ce soit de spécifique.

Après qu'on eut mangé presque la moitié de la

pizza, je soulevai la boite de ses jambes et la posai sur la table basse.

— Viens là, murmurai-je.

— Je suis juste là.

Elle fit danser ses doigts de pieds, prisonniers de chaussettes bleues, pour accentuer son argument.

— Pas assez près.

J'enroulai un bras autour de sa taille et la tirai plus près de moi.

Elle gloussa. Le rire de Delilah me touchait en plein cœur, car elle était toujours sur la défensive. Elle atterrit avec les genoux de chaque côté de mes cuisses. Parfait.

J'écartai ses cheveux de son visage.

— Je me suis dit qu'on devrait définir quelques règles de base.

— Des règles ?

L'un de ses sourcils noirs se redressa.

— Ouais. Je suis un invité inattendu, mais on m'a bien élevé. Ne change pas ton emploi du temps de boulot pour moi. Je me suis même arrangé pour avoir un peu de boulot à l'aéroport d'Asheville. Je suis là pendant deux semaines. J'espère que tu me laisseras passer toutes les nuits avec toi.

La bouche de Delilah s'ouvrit en un petit O.

— Tu es là pendant deux semaines ? Tu as trouvé du boulot ? grinça-t-elle.

Je hochai la tête en jouant avec les pointes de ses cheveux et en me retenant d'attraper ses seins si tentants.

— Ouaip. Je sais que tu as une vie et que tu es occupée. Je ne voulais pas passer mes journées à me tourner les pouces. Est-ce que je peux dormir ici ?

Delilah se mordit la lèvre avant d'acquiescer.

— Tu veux que je sois ici ? insistai-je.

Elle se mordit l'intérieur de la joue en me regardant.

— Bien sûr, murmura-t-elle enfin en rougissant.

Mon cœur explosa de joie. Je ne savais pas comment décrire ce que je ressentais quand j'étais avec Delilah. Je savais que je ne voulais pas laisser cette chance m'échapper, mais je n'étais pas prêt à donner un nom à mes sentiments.

Je savais que mon désir pour elle était plus profond que n'importe quelle rivière sur terre, aussi bête que ça puisse paraitre. Quand elle posa son poids plus fermement sur mes cuisses, je ne pus résister à l'envie de passer mes mains sur son corps et d'attraper ses hanches.

En cambrant mes hanches légèrement, je fus récompensé par un petit gémissement de sa part et je sentis la chaleur de son centre sur ma bosse. Je détendis ma prise sur ses hanches, laissant l'une de mes mains remonter vers son sein. Elle portait un col en V et un jean. Rien d'exceptionnel. Mais la beauté ignorée de Delilah me tuait.

— Qu'est-ce qui t'a décidé à venir me voir ? demanda-t-elle avec un soupir quand je passai mon pouce sur la pointe tendue de son téton.

— Tu me manquais, et j'avais envie de te voir. C'est aussi simple que ça. J'ai appelé un vieil ami de fac qui bosse à l'aéroport d'Asheville. Il a dit qu'il pouvait me trouver un peu de boulot, donc j'ai pris mon billet. Au cas où tu n'en étais pas sûre, ça ne me dérange pas de te suivre à l'autre bout du pays.

Delilah se pencha en avant, déposant un baiser dans mon cou. Il ne m'en fallut pas plus.

— On arrête de parler, murmura-t-elle.

Elle mordit légèrement mon cou puis voyagea jusqu'à ma bouche.

Embrasser Delilah était comme plonger dans un feu. Sa bouche était chaude et joueuse, sa langue s'emmêlait avec la mienne. Elle était autoritaire dans ses baisers, et j'adorais ça.

Je passai ma main dans ses cheveux pour attraper son cou et pencher sa tête sur le côté tandis que je dévorais sa bouche. Ses mains s'affairèrent. Elle remonta mon t-shirt et je passai ma main sur la courbe de son ventre, savourant sa peau douce.

— Alex, gémit-elle, ses mots se terminant en un petit cri.

— Oui ?

J'accompagnai ma question en passant ma langue sur la peau délicate de sa clavicule.

— J'ai besoin...

Elle frotta ses hanches contre moi. Avant que je ne puisse faire quoi que ce soit, elle essayait de défaire ma braguette. En passant la main entre nous, j'attrapai sa main.

— De quoi as-tu besoin ?

— De toi, souffla-t-elle sans peur.

— Ça marche, ma belle.

Je la soulevai de mes genoux et elle lâcha un cri de contestation.

— Ne t'inquiète pas, je te donne juste plus d'accès, dis-je d'un ton joueur.

Nos vêtements tombèrent à la vitesse de la lumière. Puis je m'enfonçai dans le canapé et Delilah me monta dessus, ses yeux sombres trouvant les miens. Je sentis son excitation humide quand elle balança ses hanches sur ma queue.

Pendant quelques secondes, je réussis à me convaincre que je pouvais me contrôler, mais j'étais naïf. J'étais parfaitement incapable de me contrôler quand il s'agissait de Delilah. Elle se redressa et je sentis le baiser mouillé du velours de son centre avant qu'elle ne descende lentement sur mon membre, en m'avalant de sa chaleur soyeuse.

Chapitre Quatorze
DELILAH

Mon front tomba sur celui d'Alex. Il me tint près de lui, une main sur ma hanche et l'autre autour de ma taille. Mes seins caressaient subtilement son torse à chaque mouvement. J'avais l'impression que mon cœur allait exploser. Mon désir était pris dans la tempête d'émotions qui s'abattait en moi.

La sensation du membre d'Alex qui me remplissait et m'étirait était divine. J'essayai de reprendre mon souffle, tentant de reprendre le contrôle de mon cœur et mon corps, mais j'en étais incapable. Les sensations m'entraînèrent dans leur courant, et je me perdis dans les torrents. Le plaisir était si intense qu'il me brisait en morceaux.

La main d'Alex glissa le long de mon dos dans une trainée de chaleur, ses doigts passant dans mes cheveux. La pointe de douleur sur mon cuir chevelu quand il les tira était une sensation que j'accueillais avec plaisir. Pendant ce temps, il me souleva, plongeant en moi avec des mouvements subtils. Sa longueur épaisse offrait une pénétration délicieuse. Je savourais chaque va-et-vient alors qu'il me remplissait.

Je me reconnaissais à peine, gémissant son nom encore et encore avec de petits cris qui m'échappaient tandis qu'il contrôlait notre rythme et m'empêchait de me perdre dans un tourbillon de plaisir.

— Regarde-moi, dit-il d'une voix rauque.

Je ne m'étais jamais considérée comme une femme qui obéissait aux ordres. Ce n'était pas comme si ses ordres étaient déraisonnables, mais, une fois nue avec Alex, je faisais tout ce qu'il me demandait. Ce n'était que dans les moments fous comme ça, et seulement avec lui, que je me sentais aussi libre.

Nous étions dans notre propre petit monde, un monde où il n'y avait pas de règles et où nous pouvions nous montrer vulnérables. Vulnérables d'une façon que je ne pouvais pas trouver quand j'étais en capacité de penser.

Je levai la tête, mes yeux trouvant les siens. Le regard qui s'y trouvait fit battre mon cœur fort. Seul Alex pouvait me couper le souffle avec un simple regard.

— Quoi ? murmurai-je d'une voix cassée de désir.

— Je veux te regarder pendant que tu jouis.

Ses mots n'étaient pas terriblement cochons, mais il y avait quelque chose dans son ton, quelque chose dans son regard qui ne faisait qu'accentuer les sensations qui se déchainaient en moi. Je ne pensais jamais pouvoir être dépassée. Mais Alex brisait toutes les attentes que j'avais quand il s'agissait des hommes.

Il attrapa mes hanches à deux mains, me levant légèrement. La remontée lente puis la sensation qu'il m'emplissait à nouveau était intense, parfaite. L'angle de ses hanches contre les miennes créait une pression sur mon clitoris, juste assez pour faire monter mon plaisir de plus en plus haut.

— Alex...

J'arrivais à peine à garder les yeux ouverts. Son visage m'apparaissait flou. Une de ses mains remonta et son pouce joua avec mon téton. Il prit ma joue dans sa main, caressant ma lèvre inférieure. Un autre mouvement de ses hanches contre les miennes et je sentis son gland s'enfoncer dans ma chair. La vague me submergea. Le plaisir implosa en moi, si intense que j'arrivais à peine à respirer. Je le regardai me regarder, dans un sentiment d'intimité si profond qu'il me faisait presque peur.

La main d'Alex se resserra, ses doigts s'enfonçant dans la chair de mes hanches. Sa tête tomba en arrière, les muscles de son cou ressortirent quand il cria mon nom et je sentis la chaleur de son explosion me remplir.

Je m'effondrai sur lui, installant ma tête dans le creux de son cou, respirant son odeur et me sentant plus détendue qu'à n'importe quel autre moment de ma vie peut-être. C'était l'effet qu'Alex me faisait. Alors que je pensais que ces deux semaines en Alaska resteraient un beau souvenir de la meilleure chose qui m'était jamais arrivée.

Apparemment, il lui suffisait qu'il me manque et qu'il apparaisse. Et maintenant, j'avais un nouveau record du meilleur moment de ma vie.

Pour la première fois, un homme s'endormit à côté de moi dans mon lit. J'avais des règles à ce propos. Des règles plutôt faciles à suivre. Voyez, je refusais les rendez-vous galants. Et je ne faisais pas les coups d'un soir non plus. De temps en temps, je satisfaisais mes besoins, et c'était tout.

Je ne faisais pas confiance aux hommes. Je ne me faisais pas confiance sur le fait de ne pas tout romantiser et commencer à espérer que ce soit de l'amour. Une fois encore, Alex avait fait tomber les murs autour de mon cœur. Je n'avais même pas hésité à le laisser dormir chez moi. Je *voulais* qu'il reste, j'en étais presque désespérée.

Quand je me réveillai au milieu de la nuit et trouvai sa main sur mon ventre, je roulai vers lui et on fit l'amour, à moitié endormis et dans le noir. J'avais envie de dire que ce n'était que du sexe, mais c'était plus que ça. C'était *tellement* plus que ça.

Je m'endormis à nouveau, enveloppée, en sécurité dans ses bras. Je me réveillai quand les premiers rayons du soleil caressèrent mon visage. Je me réveillai sensation par sensation.

Le toucher des muscles d'Alex qui me tenait dans ses bras. Sa main sur ma taille, et sa paume contre mon ventre. Même au repos, il n'était fait que de muscles et de force. Je me sentais entièrement en sécurité. Je n'avais *vraiment* pas envie de me lever. Sauf qu'il fallait que j'aille aux toilettes.

Je commençai doucement à m'éloigner d'Alex, mais il resserra sa prise sur moi, déposant des caresses paresseuses sur mon ventre.

— Où est-ce que tu vas ?

Sa voix était rauque et grave. En roulant dans ses bras, je laissai mes yeux étudier son visage. Ses cheveux étaient ébouriffés, et ses yeux étaient encore endormis. Bon sang, cet homme était canon même quand il venait de se réveiller.

— Il faut que je fasse pipi, dis-je directement.

Je sentis mes joues se réchauffer un peu, mais je ne voyais pas ce que ça m'apporterait de mentir. Il allait m'entendre me lever et aller aux toilettes.

Quand son gloussement grave résonna contre mon épaule, je sentis de petits éclats de joie dans mon cœur. Bon sang, c'était tellement bon de se réveiller à côté de lui. J'avais dormi dans ses bras toutes les nuits pendant mes vacances de Noël, mais cette nuit avait été différente. C'était mon lit, mon monde. Et mon cœur.

Il pencha la tête et déposa des baisers sur mes lèvres avant de reculer.

— D'accord, je te laisse y aller, dit-il, magnanime.

Tandis que je sortais du lit et m'avançais vers la salle de bains, nue, je me sentis retenir un gloussement. Un gloussement. Je n'étais *pas* du genre à glousser. Je n'étais pas ce genre de fille, tout simplement.

Sauf quand j'étais avec Alex. Alex était l'exception à de nombreuses règles. Il se révélait être de plus en plus comme la langue française.

Je n'avais jamais eu moins de 16 en français. Je me demandais si j'arriverais à comprendre la réaction de mon cœur face à Alex aussi bien que je comprenais les règles de grammaire les plus complexes à l'école.

Je me tenais devant l'évier, encore complètement nue alors que je me lavais les mains. Je passai un peu d'eau froide sur mon visage et relevai la tête, regardant les gouttes rouler sur mes joues. J'avais l'impression d'être dans un rêve. Comme si, quand je passerais cette porte, Alex aurait disparu.

Sauf que je ne dormais pas nue d'habitude. J'avais mon débardeur lâche préféré et un pantalon de pyjama à carreaux que j'adorais. J'étais à l'aise dedans et en sécurité. Ce n'était rien comparé à ce que ça m'avait fait de dormir dans les bras d'Alex.

Je passai enfin la serviette sur mon visage. *Il sera encore là. Tu n'es pas folle.*

Il frappa fort à la porte de la salle de bains.

— Ça fait exactement deux minutes que tu as tiré la chasse d'eau, et ma vessie est de moins en moins heureuse.

Cette fois-ci, je laissai le gloussement échapper à

ma gorge. J'ouvris la porte et trouvai Alex debout de l'autre côté, entièrement nu.

— Il était temps, dit-il avec un grand sourire avant de passer devant moi.

Il ne rata pas une chance de tendre la main pour me caresser les fesses. Ces petites étincelles de joie s'éveillèrent à nouveau. Je fermai la porte derrière lui, fermement, et dus m'adosser contre le bois un instant pour reprendre mon souffle et me dire que me sentir si heureuse n'était pas une bonne idée.

Chapitre Quinze
ALEX

— Qu'est-ce que tu fiches en Caroline du Nord, d'ailleurs ? demanda Toby.

J'avais rencontré Toby en école de vol. C'était un gars en or et un bon ami. Il était venu plusieurs fois en Alaska l'été, pour voler un peu. C'était une façon sympa de se faire de l'argent, ça payait bien, et il était facile de trouver des contrats temporaires, car il y avait beaucoup de boulot pendant la période estivale. Quand je lui avais écrit en lui parlant d'un voyage potentiel dans sa région, il m'avait dit qu'il pourrait m'organiser quelques contrats avec lui. Ça avait été la dernière chose à me convaincre de venir voir Delilah. Non pas que j'avais besoin de travailler pendant que j'étais là, mais je savais que son emploi du temps ne lui permettrait pas de prendre deux semaines de congés, donc ça m'occupait pendant qu'elle travaillait.

Je jetai un chiffon taché d'huile moteur dans une poubelle et me tournai pour aller me laver les mains dans le grand évier.

— Je suis venu pour une fille.

Toby explosa de rire.

— Tu es venu jusqu'en Caroline du Nord pour une nana ?

L'incrédulité de son expression était marquante.

— Tout à fait.

Je me frottai les mains rapidement. Pendant que je les passais sous l'eau chaude, Toby demanda :

— Alors, c'est qui cette fille qui te fait traverser tout le pays ?

— Delilah Carter. Elle vit à Stolen Hearts Valley.

En coupant l'eau, j'arrachai un morceau de sopalin et appuyai mes hanches contre l'évier en m'essuyant les mains.

— C'est à 45 minutes de route environ, observa Toby. Mec, y a un sacré chemin entre l'Alaska et la Caroline du Nord. Comment tu l'as rencontrée ?

En jetant mon papier dans la poubelle à côté de la porte, je dis :

— C'est une histoire un peu folle. Je l'ai rencontrée en colo il y a des années dans le Colorado. Je ne l'ai jamais oubliée. Je ne peux pas dire qu'on était tombés amoureux, mais j'étais un peu dingue d'elle à l'époque.

— Vous êtes restés en contact toutes ces années ?

Les sourcils de Toby touchèrent presque ses cheveux quand il posa sa question.

— Nan. Je lui ai envoyé quelques lettres, mais elle ne les a jamais reçues. Et au final, un de ses amis d'ici a déménagé en Alaska. C'est un ami à moi et il vit à Willow Brook. Pour faire court, lui et sa femme ont dû annuler un voyage au ski et ils lui ont donné leur réservation. Je l'ai trouvée au bord de l'autoroute, coincée dans la neige. On allait tous les deux au même hôtel.

— Mec, c'est dingue. Je ne crois pas vraiment au destin, mais on dirait que c'est ça, là. Tu es amoureux ? demanda-t-il.

Revoilà ce mot. Mon cœur agissait comme si son

toit avait été arraché. Même si Delilah comptait beaucoup pour moi, et que j'étais prêt à lui courir après, je n'étais pas encore prêt à mettre de mots sur mes sentiments. Je n'étais même pas sûr qu'elle ressente la même chose. Ma nana avait la peau dure et était très cynique.

— Hé, dit Toby en claquant des doigts.

Je réalisai que j'étais resté silencieux un peu trop longtemps.

— Je ne sais pas. Tout ce que je sais, c'est qu'elle me manquait et que quand tu m'as dit que tu pouvais me trouver un peu de boulot ici, j'ai acheté mon billet d'avion.

— Et tu vas faire les allers-retours entre Asheville et Stolen Hearts Valley tous les jours pendant deux semaines ?

— Cinq jours par semaine, oui, corrigeai-je avec un sourire.

Toby leva les yeux au ciel.

— Moi je te le dis. T'es amoureux. Maintenant, allons déjeuner.

Chapitre Seize
ALEX

Ce soir-là, je quittai l'autoroute vers une rue plus étroite qui menait plus au centre des montagnes Blue Ridge. Ces fameux pics brumeux bleus flottaient sur l'horizon. Les derniers rayons du soleil traversaient les pics dans un éclat argenté, et une aquarelle de lavande et de rose tachait le ciel.

C'était splendide ici, assez beau pour qu'un coin lointain de mon esprit réfléchisse à l'idée de déménager ici pour être avec Delilah. Mes pensées fuirent timidement. Je n'étais pas prêt à réfléchir à ça.

Delilah m'avait dit qu'elle faisait un service du midi au bar et terminerait vers 18 h. Je conduis directement vers le Lost Deer Bar. Elle m'avait promis un bon dîner et de la bonne bière quand je l'avais déposée ce matin.

Quelques minutes plus tard, j'entrai dans le bar, faisant le tour de la pièce avant de trouver Delilah. Elle faisait glisser une pinte de bière à un client. Elle bougeait si vite qu'elle prenait déjà la commande d'un autre client en rendant la monnaie du premier.

Ses cheveux noirs étaient remontés en une queue de cheval haute. Elle se balançait à chaque pas rapide derrière le bar. Le simple fait de la voir de l'autre côté de la pièce créa un éclair d'anticipation dans mes veines.

Les mots de Toby résonnaient dans mon esprit. *Moi je te le dis. T'es amoureux.*

Peut-être que je n'étais pas prêt à mettre un mot sur mes sentiments pour Delilah, mais je ne doutais pas de la puissance de mon attirance pour elle. Je traversai les tables du bar et les gens accoudés au comptoir, visant un coin contre le mur. Alors que je posais mes coudes sur le bar, Delilah me vit enfin.

Elle écarquilla un peu les yeux en jetant un œil par-dessus son épaule et croisa mon regard. Un sourire peignit ses joues avant qu'elle ne se reprenne et se force à être plus discrète. Oh, Delilah. Tellement sur la défensive, quel challenge. Je pouvais attendre.

Elle termina de servir un gars, et la pointe d'émerveillement dans son regard ne m'échappa pas. Même sans essayer, Delilah était ultra sexy. Je ressentais quelque chose d'inédit. Une possessivité. C'était nouveau.

Elle traversa le bar vers là où j'étais.

— Salut, dit-elle simplement.

— Salut. À quelle heure tu as dit que tu finissais, déjà ?

La queue de cheval de Delilah tomba sur son épaule lorsqu'elle leva la tête vers l'horloge accrochée au-dessus de la porte, derrière le bar. Ses jolis yeux revinrent à moi.

— Dans quinze minutes. Ça ne te dérange pas d'attendre ?

— Pas du tout.

On se regarda et mon cœur se tordit dans ma poitrine.

— Tu veux quelque chose à boire pendant que tu attends ?

Je ne pouvais pas m'en empêcher. Je passai la main par-dessus le bar et attrapai le bout de sa queue de cheval avec une main pour entourer lâchement les pointes autour de mes doigts. Ma nana était encore un peu tendue avec moi. Elle se mordit la lèvre.

— Non, c'est avec toi que je veux boire un verre, dis-je en secouant la tête.

Quelqu'un l'appela.

— Il faut que j'aille bosser.

Je laissai ses cheveux s'échapper de ma main.

— Va travailler. Et ne te presse pas. Je suis là.

Sans un mot, elle se retourna immédiatement et prit la commande d'un client. M'installant sur un tabouret, je m'adossai au mur et regardai le match de basketball qui passait à la télé, sur un écran accroché derrière le bar. Ce n'était pas un bar sportif, mais presque tous les bars avaient une télé.

Il ne fallut pas longtemps à Delilah pour passer sous l'ouverture du bar qui se trouvait à côté de moi.

— Prêt ? demanda-t-elle.

Elle portait son manteau en fausse fourrure et son sac sur son épaule. J'avais envie de l'embrasser, donc je le fis.

En attrapant ses mains dans les miennes, je la tirai vers moi, entre mes genoux et me penchai en avant. C'était censé être un baiser bref, mais c'était Delilah et moi, et nous étions comme un feu, toujours prêt à repartir. La toucher était comme lâcher une allumette sur des feuilles mortes. *Boum*. Une seconde plus tard, nos langues s'emmêlaient. Delilah gémit dans ma bouche avant de reculer.

Elle avait les yeux écarquillés et les joues roses. Il y eut un rire gras à côté de nous, et je jetai un œil vers son ami barman, Griffin, pour le trouver qui nous regardait avec un sourire, derrière le bar. La queue de cheval de Delilah se balança quand elle le regarda.

— Je t'interdis de faire un commentaire, ordonna-t-elle.

— Je suis juste content de te voir sortir avec quelqu'un, répondit-il.

Une femme avec des boucles brunes qui partaient dans tous les sens s'approcha, avec un grand gars à ses côtés.

— Salut Delilah. Je ne savais pas que tu voyais quelqu'un, dit la femme.

Delilah n'essaya même pas de cacher son soupir.

— Je te présente Alex.

Elle me regarda puis regarda la femme.

— Voici Dani et Wade. On a grandi ensemble ici.

Wade hocha la tête.

— Ravi de te rencontrer.

Ses yeux se tournèrent vers Dani, le regard plein d'attente.

Dani me fixa du regard avec une curiosité à peine masquée.

— Salut Alex. Ravie de te rencontrer. Tu ne viens pas du coin.

— Nan. Je viens d'Alaska. Ravi de vous rencontrer tous les deux.

— Oh, vous vous êtes rencontrés pendant tes vacances au ski ? demanda Dani, sa voix montant d'une octave quand elle se retourna vers Delilah.

Avant que Delilah ne puisse répondre, Dani s'était déjà retournée vers moi.

— Attends une seconde, tu connais Remy ?

— Oui. Il est pompier là où je vis.

Dani frappa des mains.

— Oh ! C'est trop cool. Il faudra que tu lui fasses un gros câlin de ma part quand tu le verras.

Je gloussai.

— Ça marche.

— Bon, c'est décidé. Il faut que vous veniez dîner avec nous. Shay sera trop contente de te rencontrer. C'est la sœur de Remy, précisa Dani.

— Ça me va, répondis-je en regardant Delilah pour voir sa réaction.

Ses joues étaient encore roses, mais elle haussa les épaules.

— D'accord. Tu m'envoies un texto pour voir quel soir pourrait marcher ?

Après qu'on eut papoté quelques minutes de plus avec Dani et Wade, Delilah m'emmena vers le coin restaurant du Lost Deer.

— C'est un peu un resto classe, commenta-t-elle quand on entra. C'est les mêmes propriétaires que pour le bar où je bosse.

C'était un restaurant à vin plutôt élégant. La salle était large avec des plafonds hauts et des fenêtres qui donnaient sur Stolen Hearts Valley. On nous installa à une table près des fenêtres et Delilah me demanda ce que je voulais boire.

— Je suis ce que tu me recommandes.

— Tu as déjà goûté l'hydromel ?

— Une ou deux fois. Il y a une distillerie à Diamond Creek, là où la station de ski se trouve. Je ne crois pas t'y avoir emmenée. Bref, ils font plusieurs bières et vendent de l'hydromel.

Notre serveur arriva et Delilah commanda deux hydromels pour qu'on goûte. Le serveur nous annonça les plats du jour et on commanda. Tandis qu'il s'éloignait, je pris un moment pour regarder Delilah. Elle s'était détaché les cheveux pendant qu'on conduisait jusqu'au restaurant et ils tombaient en cascade sur ses épaules. J'adorais ses cheveux et ils avaient tendance à me donner des pensées cochonnes. Par exemple, je me souvenais de l'une de nos nuits pendant les vacances où je tenais ses cheveux dans mon poing et ses mains étaient accrochées à la tête de lit.

Vraiment pas le moment de penser à ce genre de choses. J'ajustai mon jean.

— Donc je suis censé faire un câlin à Shay pour Remy. Ça ne te dérange pas de passer une soirée avec elle ? Je suppose que tu es amie avec les deux puisqu'ils t'ont donné leur semaine au ski.

Delilah hocha la tête.

— Oui. J'étais au lycée avec Shay. Remy est un gars bien.

— Un gars super. Alors, parle-moi de ta famille, dis-je en suivant le cours de la conversation.

Elle évitait encore de parler de sa famille, mais, puisque j'étais à Stolen Hearts Valley, ça me paraissait normal de poser des questions.

Delilah frotta son pouce et son index ensemble en haussant un peu les épaules.

— Mes parents vivent ici. Je n'ai pas une super relation avec mon père, mais avec ma mère c'est un peu mieux.

C'était le mauvais côté du statut actuellement temporaire de ma relation avec Delilah. On s'était rencontrés en colo. Puis on s'était retrouvés en vacances au ski. Rien de ces deux évènements ne ressemblait à nos vraies vies. Sauf que, dans mon cas, elle avait rencontré ma sœur et mon meilleur ami.

— Je n'ai pas eu la meilleure des enfances, Alex.

Ces mots sortirent presque comme si elle les forçait, ses yeux incertains avant qu'elle ne baisse complètement le regard.

Ah, voilà peut-être un indice sur ma nana.

— Beaucoup de gens n'ont pas eu d'enfance super. Je suis simplement curieux. Je veux apprendre à te connaitre, dis-je en gardant un ton doux.

Le regard de Delilah sauta sur moi avant de s'échapper à nouveau. Un air de soulagement traversa son visage quand le serveur arriva avec nos boissons.

Je pris une gorgée un instant plus tard.

— Waouh, il est super bon, dis-je en posant mon verre sur la table.

Delilah sourit.

— Ouais, je ne savais pas que j'aimais l'hydromel avant d'essayer le leur. Il est délicieux.

— Parle-moi de ta vie, insistai-je.

Delilah pencha la tête sur le côté, fronçant le nez en soupirant.

— D'accord. Mon père est alcoolique. Mais avant que tu t'imagines le pire, il ne nous tapait pas ou quoi que ce soit. Il était juste incapable de garder un boulot. C'est pour ça que je n'ai jamais reçu ta lettre. Ils se sont fait virer de notre appartement pendant que j'étais en colo. Je ne pense pas avoir vécu au même endroit plus que quelques mois. Je voyais bien que c'était à cause de l'emprise de l'alcool, mais c'était quand même nul.

J'avais envie de prendre Delilah dans mes bras. En parlant, elle leva le menton, et ce regard d'acier que je commençais à connaitre prit possession de ses yeux.

— Et ta mère ?

Un petit sourire arrondit ses lèvres.

— Elle a fait de son mieux dans des conditions difficiles. J'ai toujours envie qu'elle le quitte. Si elle n'avait pas travaillé tout du long, on n'aurait même pas eu de quoi manger parfois.

— Qu'est-ce qu'elle fait ?

— Rien de fou. Ma grand-mère avait une serre et une compagnie de jardinage sur son terrain, et ma mère l'aidait. C'est là que mes parents vivent aujourd'hui. Mon père aurait pu aider avec l'aspect jardinage, mais il n'était jamais assez stable. Voilà. Tu sais tout de mes parents et de mon enfance.

La bouche de Delilah se tordit avec ses mots et elle détourna le regard en silence, faisant semblant de regarder par la fenêtre. Je n'avais même pas réalisé que j'avais attrapé sa main jusqu'à ce que mes doigts s'enroulent sur les siens et que je remarque qu'elle avait froid. Elle frissonna légèrement, tourna soudainement sa tête vers moi.

— Tu as froid, commentai-je.

— J'ai les mains froides en hiver la plupart du temps.

Je supposais que c'était vrai, mais je sentais le tremblement qui la traversait. Même si je le savais déjà, il était évident que sa famille était un sujet difficile pour elle.

— Je suis désolé que ton enfance ait été un peu pourrie, dis-je enfin, sachant que Delilah préférait les approches directes.

Elle haussa les épaules.

— C'est pas grave. La vie est injuste, non ? Ta famille a l'air sympa. J'aime bien Holly.

Ma famille *était* plutôt géniale, et je savais que j'avais de la chance. Même si ma sœur jumelle me rendait fou parfois, je l'adorais. Elle se jetterait d'un pont pour moi, et je ferais pareil pour elle.

— Peut-être que je peux te convaincre de venir me rendre visite à Willow Brook. Je pense que ça te plairait.

— Peut-être, répondit Delilah avec un ton neutre et prudent.

Delilah n'était pas du genre à se laisser espérer quoi que ce soit. Ses doutes étaient comme un slogan sur son front, donc je n'insistai pas.

Nos plats arrivèrent et tout était délicieux. On rentra chez elle après ça. Encore une fois, on partagea un moment de sexe qui me fit oublier tout le reste.

Chapitre Dix-Sept
DELILAH

— Je sais qu'on ne s'est jamais rencontrés, mais je vais te faire un câlin, dit Shay en s'approchant d'Alex.

Nous étions au diner que Dani avait suggéré, sauf que Dani travaillait donc il n'y avait que moi, Alex, Shay et Jackson. Dani me faisait facilement concurrence avec son emploi du temps de folie. Et son fiancé, Wade, était de garde avec le SAMU ce soir, donc avait dû refuser l'invitation aussi.

Alex haussa les épaules amicalement. C'était un gars simple, et ça ne le dérangeait pas de recevoir un câlin d'une inconnue.

Shay était la petite sœur de Remy. Nous étions allées au lycée ensemble, et Remy avait quelques années de plus que nous. Shay était fiancée à Jackson Stone maintenant. De ce que je pouvais voir, ils étaient fous amoureux. C'était le genre d'amour qu'on ne trouve que dans les contes de fées.

— Tu dois être Jackson, dit Alex après que Shay se fut reculée.

Jackson explosa de rire et ils se prirent également dans les bras, dans une accolade très amicale.

— Remy est l'un de mes meilleurs amis. Tu peux lui dire que celui-ci est de ma part.

Alex sourit.

— Ça marche, mec.

Il jeta un œil à l'hôtel-restaurant.

— C'est chouette comme lieu. Remy me disait que tu étais le propriétaire.

— Trouvons-nous une table, dit Jackson en nous faisant signe de le suivre.

J'étais déjà venue à ce restaurant, mais pas très souvent, car les prix n'étaient pas donnés. Étant donné que Jackson en était le propriétaire, on se plaça à une très belle table à côté de la fenêtre, avec une vue sur la vallée. Le soleil se couchait, jetant une fumée bleue sur les montagnes alors que le ciel était strié d'argent et de lavande.

— Ma sœur et moi avons hérité de la ferme de nos parents, Commença Jackson une fois qu'on fut assis. La ferme n'était plus en état de fonctionner depuis des années, et mon père avait commencé à construire un refuge pour animaux avant de nous quitter. On a un cabinet vétérinaire dans le refuge, dans les bâtiments d'origine de la ferme. Cette grange est pour les invités, et on a les chambres à l'étage.

— Vous en avez vraiment fait quelque chose d'incroyable, dis-je sincèrement.

— Merci Delilah, dit Jackson en acquiesçant. On en est fiers.

— Les proprios du Lost Deer adorent cet endroit, ça c'est sûr. Ça leur donne l'occasion d'y placer leurs vins et bières, répondis-je en parlant des propriétaires du bar où je travaillais.

— C'est une relation qui nous bénéficie à tous, renchérit Jackson.

Un serveur arriva et Dani nous salua en traversant

la salle à toute vitesse à un moment. On passa un diner calme, et je passai un bon moment. J'étais tellement occupée que j'avais rarement le temps de trainer avec mes amis. Je voyais Shay au bar quand elle venait, comme la plupart de mes autres amis, mais je travaillais toujours.

— Et comment tu vas, Delilah ? dit Shay alors que le diner avançait, ses yeux verts brillant comme son sourire. On dirait que tes vacances en Alaska ont été une vraie bénédiction.

Je sentis mes joues tourner au rose et je haussai les épaules. Shay jeta un petit regard vers Alex, mais il était trop occupé à parler de son boulot de mécanicien d'avion à Jackson.

— Il a l'air gentil, dit-elle à voix basse.

— Il l'est, vraiment, dis-je, sincère au plus profond de mon être.

Avoir Alex à côté de moi était une toute petite chose, mais c'était une expérience tellement étrange pour moi. Je ne sortais pas avec qui que ce soit. Je ne m'étais jamais dit que quelqu'un voudrait un jour quelque chose de sérieux avec moi. Et surtout, je ne me laissais pas compter sur qui que ce soit, ou quoi que ce soit. Surtout pas un homme.

— Il est venu jusqu'ici pour toi, donc il doit tenir à toi.

Mes joues chauffèrent encore plus. Shay sourit.

— Je veux juste que tu sois heureuse.

Jackson lui posa une question et elle laissa tomber le sujet.

Ce fut une autre nuit qui se termina dans les bras d'Alex. Cet homme était magique, et le fait de m'endormir dans ses bras allait terriblement me manquer.

Chapitre Dix-Huit
DELILAH

— Tu veux rencontrer mes parents ?

Alex mâchait un morceau de bagel et il hocha la tête tout en continuant de mâcher.

— Je ne suis pas sûre qu'on puisse trouver un moment vu que tu pars demain, mais, si tu reviens, je m'assurerai de te présenter.

Je ne dis pas tout à voix haute : le fait était que je n'avais même pas essayé de trouver un moment pour qu'ils se rencontrent. Même si je me sentais un peu honteuse à ce sujet, ce n'était pas comme si je voyais mes parents toutes les semaines. Une fois par mois, peut-être. Alex était assez poli pour ne pas insister. Qu'il le dise à voix haute ou non, je sentais qu'il avait compris que mes parents étaient un sujet difficile pour moi, et il ne forçait pas. Ça m'énervait un peu, car ça ne faisait que mettre plus en lumière le fait qu'il me comprenait très bien. *C'était* ce qui me terrifiait.

Personne n'avait jamais eu envie de rencontrer mes parents. Mais je n'étais jamais sortie avec quelqu'un assez longtemps pour qu'on puisse me poser la question. Ce n'était pas comme si Alex et moi étions *ensemble,* cependant. Nous passions des moments ensemble qui semblaient être des parenthèses dans ma vie. Sauf que cette parenthèse s'inscrivait un peu plus dans mon quotidien.

Alex était là. Dans mon monde. Il travaillait à Asheville pendant que je passais de mes services au bar aux révisions pour mes cours d'école d'infirmière le soir. Il était compréhensif à ce sujet. Il regardait la télé pendant que je posais mes jambes sur les siennes et travaillais sur mon ordinateur.

J'adorais ça. Trop souvent, je me trouvais à nous imaginer être un *vrai* couple. C'était complètement fou. Avec le fait d'être si souvent déçue et déstabilisée dans mon enfance, j'avais appris à avoir des attentes très basses.

C'était suffisant d'avoir un salaire stable et un appartement qui me plaisait. C'était suffisant de pouvoir faire mes propres choix sur où je vivais et ce que je faisais. C'était suffisant d'être célibataire même si je voulais plus dans ma vie parce que, comme ça, je n'avais pas à m'inquiéter qu'on me déçoive. C'était un luxe de ne pas vivre avec un alcoolique.

Presque tous les jours, j'avais envie de dire à Alex que mon père était malade et mourant. Mais pour des raisons que je ne comprenais pas, pas du tout, j'avais du mal à lui dire. Ça semblait si personnel.

Euh, te mettre toute nue devant lui et faire des choses folles au lit avec lui tous les soirs, ça c'est assez personnel. Ma petite voix intérieure, toujours prête à me critiquer, prit la parole.

C'était notre dernière soirée ensemble avant qu'Alex ne retourne en Alaska. Je détestais admettre à quel point il allait me manquer. Maintenant, ça allait être bien pire qu'avant. J'avais pu goûter à ce que ça faisait de l'avoir au quotidien, et j'avais adoré chaque instant.

— Tu pourrais essayer d'être un peu plus un connard ? demandai-je.

Alex me regarda en changeant de chaine. Mes mollets étaient sur ses genoux. Il caressait mes pieds sans y penser, ce qu'il faisait souvent. Étant donné que j'étais barmaid, je passais de nombreuses heures debout, et ses massages étaient une tranche de paradis.

— Que j'essaie d'être un connard ?

Il haussa un sourcil.

— Ouais, genre, laisser ta serviette par terre, ou ta vaisselle sale sur la table basse.

Je désignai l'assiette vide posée sur la table basse. Je savais très bien qu'il allait l'emmener dans la cuisine, la rincer et la mettre dans le lave-vaisselle dès qu'il se lèverait du canapé. On avait mangé des plats à emporter d'un restaurant thaï d'Asheville ce soir. Alex les avait récupérés en rentrant. Il savait que j'avais l'un de mes cours en ligne ce soir, et il ne s'était même pas plaint de ça, même si c'était sa dernière soirée.

— Quand j'y réfléchis, tu pourrais te plaindre du fait que j'avais cours ce soir.

Je fermai mon ordinateur et le posai sur la table basse.

— Tes cours sont super importants pour toi. Je savais que j'allais manger, trainer et faire mon sac, donc c'est ce que j'ai fait. C'est pas un problème, dit-il simplement.

Il me regarda en silence, avec ce regard perçant qui apparaissait parfois dans ses yeux. Ça me donnait envie de me tortiller un petit peu. Une partie de moi savourait la compréhension qu'Alex avait de moi. Une autre partie de moi, une partie qui parlait fort et avait de nombreuses opinions, avait envie de partir en courant quand je me sentais vue et comprise.

J'avais passé toute mon enfance à attendre d'être adulte pour ne plus avoir à compter sur qui que ce soit, et voilà que j'espérais pouvoir compter sur Alex. Mais je vivais ici, et il vivait à des milliers de kilomètres d'ici. Il avait une vie là-bas, et une famille, le genre de famille que tout le monde veut.

Le commentaire de ma mère, « n'aie pas peur de prendre ce risque », traversa mes pensées, me prenant tellement au dépourvu que ça me faisait l'effet de voir quelqu'un traverser un stade de foot tout nu.

Le simple fait de penser à déménager en Alaska me terrifiait, parce que ça voulait dire placer mes espoirs dans quelque chose. Ou, plus précisément, dans quelqu'un : Alex.

— Si tu veux connaitre des choses énervantes chez moi, il te suffit d'appeler Holly. Elle te fera une longue liste.

Il lança un sourire amusé avec son commentaire.

Je ris.

— J'imagine, mais c'est ta sœur. Elle n'est pas objective, et c'est à la fois bon et mauvais.

— J'ai regardé les prix. Je peux te prendre un billet d'avion pour l'Alaska pour tes vacances scolaires. C'est dans six semaines, non ? demanda Alex, d'un ton prudent et léger.

Voilà, c'était exactement ce que je voulais dire. Il me comprenait. Il savait que ça me ferait peur donc il le proposait de la façon la plus légère possible, comme s'il parlait simplement de la météo.

Je déglutis, en tentant de calmer mon pouls. Mon cœur lançait une révolution dans ma poitrine. C'était comme si une flopée d'oiseaux s'échappait d'un coup, volant dans le ciel dans un chant cacophonique.

— Je ne sais pas, dis-je, en attrapant le coin du plaid pour occuper mes mains inquiètes, caressant le tissu doux entre mes doigts.

— Je sais que tu ne sais pas. Prends le temps d'y réfléchir. S'il te plait. Je sais que tu as vu l'Alaska, mais j'aimerais bien que tu viennes à Willow Brook. Pour que tu puisses voir où j'ai grandi avec Holly. Ça lui ferait très plaisir. Dis-moi la semaine prochaine, d'accord ?

— D'accord.

J'étais soulagée qu'il n'insiste pas plus, mais mon soulagement fut rapidement suivi d'une pointe de déception. J'avais envie qu'il me supplie. Bon sang. Ce n'était pas assez qu'il propose de me payer un fichu billet d'avion. Et je savais qu'ils n'étaient pas donnés.

Après qu'Alex eut fait exactement ce que j'avais prédit et eut emporté son assiette dans la cuisine pour la rincer avant de la mettre dans le lave-vaisselle, il rinça même la vaisselle que j'avais laissée dans l'évier. Quand je sortis de la salle de bains, je le vis lancer le lave-vaisselle. Je traversai la cuisine et appuyai mes hanches contre le comptoir, posant mes mains sur le bord.

— Tu vois, tu ne sais pas être un connard.

Alex se retourna. En une fraction de seconde, ses yeux s'assombrirent et une chaleur monta en moi, m'envahissant des pieds à la tête. Il avança rapidement vers moi et me souleva pour poser mes fesses sur le plan de travail avant même que j'aie le temps de comprendre ce qu'il se passait.

S'installant entre mes genoux, il me tira vers son érection. Je sentais sa longueur épaisse s'appuyer contre moi. Et je me rendis soudainement compte de la chaleur humide au sommet de mes cuisses. J'étais déjà complètement trempée. Alex me donnait l'impression d'être une fille en manque. Au-delà de la confusion que je ressentais face à la profondeur des émotions qu'il suscitait en moi, je me sentais encore plus vulnérable face à l'incroyable force de mon désir pour lui.

La seule chose que me soulageait face à la tempête qui vivait en moi était le fait que je pouvais cesser de penser dès qu'il m'embrassait. Je remerciais Dieu pour ça. Avant Alex, j'étais toujours à moitié perdue dans mes pensées quand je couchais avec quelqu'un.

Je ne me plaignais pas des autres hommes en particulier. C'était juste que personne d'autre ne m'avait vraiment assez intéressée pour effacer toutes mes pensées dans un élan de passion. Je me retrouvais souvent à penser à mes devoirs pour les cours ou à essayer de me souvenir de mon emploi du temps, ou à m'inquiéter de mes factures. Les pensées du quotidien arrivaient toujours à s'infiltrer dans ce qui était censé être un moment de désir. Mais pas avec Alex.

Je plongeai dans ses yeux couleur chocolat noir, et mon cœur se tordit dans ma poitrine. Mon souffle sursauta quand j'essayai d'inspirer. J'entendais le sang me monter aux oreilles et mon cœur battre la chamade rien qu'en voyant le regard d'Alex. C'était vraiment difficile de le regarder, parce qu'il partait demain.

Il me sauva de moi-même en penchant la tête et en déposant des baisers chauds dans mon cou et juste derrière mon oreille. C'était une zone si sensible que je sentis un frisson chaud traverser tout mon cœur, ma peau se couvrant de chair de poule et un désir liquide, chaud comme la lave, s'emparant de mes veines.

— Alex, gémis-je quand il passa sa langue sur ma clavicule.

— Oui, ma belle ?

Sa main glissa sous mon t-shirt, attrapant l'un de mes seins et jouant avec mon téton déjà durci.

— J'ai besoin...

Je n'arrivais même pas à maintenir une pensée assez longtemps pour la formuler, et mes mots se transformèrent en un gémissement. De quoi avais-je besoin ? Je n'en avais aucune idée. J'avais simplement *besoin*.

— J'ai ce qu'il te faut, murmura-t-il.

C'était vrai, il avait ce qu'il fallait à mon corps, mon cœur et mon âme.

Nos vêtements tombèrent rapidement et on se retrouva dans la chambre sans que je m'en rende compte. Alex avait dit quelque chose du genre « j'ai besoin de prendre mon temps ».

J'étais nue et je ne pouvais pas attendre, ma peau était collante de sueur. Je bougeai les jambes, sentant le jus de mon excitation entre mes cuisses.

Alex avait retiré son jean et se tenait au pied du lit. Son regard affamé parcourut mon corps. J'avais littéralement la sensation que de petits feux s'allumaient sur ma peau dès que ses yeux y passaient.

Le matelas s'affaissa sous son poids quand il posa un genou sur le lit. Il enroula ses mains sur mes chevilles avant de remonter le long de mes jambes, d'un mouvement doux et assuré, avant d'écarter mes genoux. Il marmonna quelque chose, je ne savais même pas quoi, mais ça semblait cochon et mignon en même temps. Il déposa des baisers entre mes cuisses, et mes hanches se cambrèrent automatiquement sous son toucher au moment où son doigt passa entre mes plis.

— Tellement mouillée, murmura-t-il.

— Alex, suppliai-je.

Il me donna ce dont j'avais besoin, plongeant deux

doigts en moi. Quand il les ressortit, je gémis pour me plaindre. Mais c'est à ce moment-là qu'il lécha mon centre et que je lâchai un cri.

Mes doigts s'emmêlèrent dans ses cheveux, et je m'accrochai aux draps de l'autre main. Alex me fit l'amour avec sa bouche, m'emmenant au bord de la jouissance avant de me faire reculer, encore et encore. J'avais l'impression de n'être que plaisir, chaque cellule de mon corps se tendait, suppliant d'en avoir plus.

Enfin, il se leva, juste quand je criai son nom.

— Ma belle, je veux que tu jouisses sur ma queue, dit-il.

Je me forçai à ouvrir les yeux et le vis en train de se caresser. Il passa son gland d'avant en arrière dans mes plis, et chaque passage de sa chair gonflée sur mon clitoris me menaçait d'un orgasme.

— Alex, suppliai-je.

Je n'avais aucune honte, et cet homme me mettait à genoux comme personne d'autre.

— Je suis là, ma belle, murmura-t-il, juste avant de positionner sa queue devant mon entrée et de me pénétrer lentement.

Chapitre Dix-Neuf
ALEX

Le centre chaud et mouillé de Delilah m'avala. Je manquai de jouir instantanément, mais je serrai les dents et me maitrisai. Ses cheveux noirs étaient emmêlés sur les oreillers et son regard soutenait le mien.

Je m'installai lentement en elle, posant un coude sur le lit tandis que j'écartais ses cheveux de son visage. Ses jambes s'enroulèrent autour de mes hanches et elle se cambra contre moi.

— Alex.

Mon cœur était complètement ouvert. J'adorais quand elle disait mon nom. Les seuls moments où elle n'était pas sur la défensive, c'était pendant qu'on faisait l'amour. On était tellement bons ensemble.

En reculant, lorsque je la sentis commencer à trembler sur ma queue, je replongeai à nouveau, son canal me serrant fort. Un coup de reins lent de plus et son corps entier se mit à vibrer alors qu'elle hurlait.

La lourdeur dans mes boules se tendit et tout m'apparut flou avant que mon orgasme ne me traverse. Je jouis si fort que je m'écroulai sur elle. Je voyais presque des étoiles. Quand ma vision revint, je roulai sur le côté en l'entrainant avec moi. Je sentais le battement rapide de son cœur chanter avec le mien.

Je ne voulais pas la lâcher. Je ne voulais pas partir demain. Je la tins et passai mes mains dans ses cheveux, sachant que si j'allais trop loin ou trop vite avec elle, ça gâcherait tout.

Chapitre Vingt
DELILAH

Je conduisais le long de la route sinueuse qui menait à l'aéroport, en me sentant un peu malade. J'avais essayé de rendre cette matinée aussi normale que possible. On avait pris un café et j'avais fait des omelettes. Alex avait insisté pour m'aider à nettoyer, ce qui m'avait agacée.

Il avait rendu sa voiture de location deux jours plus tôt après que j'eus insisté sur le fait que je pouvais l'emmener à l'aéroport. Je regrettais maintenant ce choix parce que je me sentais idiote. Il allait me manquer, et cet au revoir qui durait commençait à m'atteindre violemment. Je n'étais pas prête à supporter cette étape.

Alors qu'on se rapprochait de l'aéroport, j'avais l'impression que les panneaux me mettaient la pression. Il fallait que je choisisse entre le dépose-minute et le parking courte durée. La décision semblait chargée. Je ne savais pas quoi choisir. Si Alex n'avait pas été dans la voiture avec moi, j'aurais sans doute fait quelques tours autour de l'aéroport pendant que mes pensées allaient en guerre les unes contre les autres.

Mais c'était comme s'il pouvait lire dans mes pensées tandis qu'il tendait le bras pour me caresser la cuisse.

— Si c'est plus simple pour toi, tu peux me laisser au dépose-minute. Tu ne pourrais pas passer la sécurité dans tous les cas.

Soudainement, j'avais ma réponse.

— Je vais t'accompagner jusqu'à la sécurité, dis-je.

Il écarquilla les yeux, surpris, puis il sourit. J'aimais surprendre Alex, même avec de petites choses.

On ne parla pas lorsqu'il prit son sac, et on traversa le parking jusqu'à l'aéroport en silence. J'attendis pendant qu'il faisait son check-in. Bien sûr, il ne mit pas de sac en soute. Cet homme avait réussi à mettre assez de vêtements pour deux semaines dans un sac à dos, ce qui me paraissait fou.

Il attrapa ma main alors qu'on se dirigeait vers les portiques de sécurité. Je regardai les gens autour de nous qui se dépêchaient de traverser l'aéroport, et je me demandai s'il y avait d'autres cœurs qui se brisaient en même temps que le mien.

Quand on arriva dans la zone qui précédait la queue pour les contrôles de sécurité, il s'arrêta et se tourna vers moi. Il posa son sac à dos à côté de ses pieds.

Il prit mes deux mains dans les siennes et fixa mon visage en silence.

— As-tu décidé si tu voulais venir me voir pendant tes vacances ? Tu peux me répondre la semaine prochaine si tu veux y réfléchir un peu plus.

J'avais pris ma décision, mais j'étais une telle poule mouillée que j'avais eu peur de lui dire. Je déglutis, la gorge serrée, et hochai la tête.

— C'est un « oui, je viens » ou un « oui » plus général pour me dire que tu as décidé ?

Un sourire s'esquissait aux coins de sa bouche.

— Oui, murmurai-je. Je vais venir. Mais je ne sais pas ce que je pense du fait que tu me paies le billet.

Je n'étais pas capable de le regarder trop longtemps, donc je baissai les yeux vers le sol et regardai nos pieds. Je portais une paire de tennis, tout comme lui, après qu'il eut dit qu'il lui fallait quelque chose de confortable puisqu'il allait être dans un avion pendant douze heures.

Il lâcha l'une de mes mains pour me faire relever la tête du bout du doigt. Je croisai son regard à nouveau en espérant qu'il ne voyait pas que j'étais sur le point de pleurer. La joie profonde qui habitait son regard fit battre mon cœur comme un fou.

— Super. Dès que j'atterris, je m'occuperai des billets et je t'enverrai un email. D'accord ?

— D'accord.

Je semblais incapable de parler plus fort qu'avec un murmure.

Il y eut une annonce dans les haut-parleurs de l'aéroport et une famille nous dépassa en courant presque, l'un des enfants perdant son sac. Une femme le rattrapa et ils continuèrent leur chemin.

— Je devrais y aller, dit-il.

— D'accord.

Mon vocabulaire s'était appauvri, semblait-il.

Alex me prit dans ses bras, pour l'un de ces câlins qui me donnaient une impression de sécurité des plus complètes. J'enfouis ma tête dans son torse et respirai son odeur, en espérant que je ne l'oublierais pas.

Chapitre Vingt-Et-Un
ALEX

Avril

— Quand est-ce que tu as dit que Delilah arrivait ? demanda Holly.

Je jetai un œil à ma montre, comme si l'heure qu'il était me donnerait la réponse. Holly, en tant que sœur emmerdante et qui remarquait tous les détails, ajouta :

— Il ne me semble pas que ta montre ait une option calendrier, mec.

Nate lâcha un petit rire depuis l'autre côté de la table. En les regardant tous les deux, je répondis :

— Je sais. Dans trois semaines. C'est ses vacances scolaires.

— Comment se passe son école d'infirmière ? demanda Holly avec des yeux brillants et curieux.

— Bien, je crois. Je sais que quand j'étais chez elle, elle bossait tous les soirs et avait des cours en ligne trois fois par semaine.

— Tu sais où elle en est dans le programme ?

Holly continua avec une nouvelle question.

— Euh, non, répondis-je. C'est quelque chose que je suis censé savoir ?

Holly leva les yeux au ciel.

— Oui, idiot. Tu as traversé le pays pour passer deux semaines avec elle et tu lui as payé des billets pour qu'elle vienne ici une semaine de plus. Tu devrais tout savoir.

— Sur son programme d'école d'inf ?

J'étais honnêtement perplexe.

Nate, étant le meilleur ami qu'il était, posa les coudes sur la table avec un regard compatissant. Nous étions au Wildlands Bar, un de nos établissements locaux préférés. J'avais croisé Nate au hangar à avions quand il m'avait demandé de m'occuper de quelques réparations sur un autre de ses avions, et il avait suggéré qu'on vienne dîner ici. Bien sûr, Holly s'était jointe à nous.

— Holly pense que tu es amoureux. Donc par extension, ça veut dire que tu dois tout savoir sur cette femme, même si ça n'a absolument rien à voir avec votre relation, expliqua Nate avec un sourire.

— Est-ce que Nate sait tout sur ton boulot ? demandai-je en regardant ma sœur jumelle.

— Évidemment, dit-elle froidement.

Quand je jetai un œil à Nate, je sus que ce n'était pas le cas.

— Je parie qu'il ne sait même pas à quelle heure tu bosses demain. Ou la semaine prochaine, d'ailleurs. Et je parie que tu ne connais pas son emploi du temps à lui.

Holly se mordit la lèvre puis me tira la langue.

— Bravo, très mature. J'en parlerai à Delilah pour savoir où elle en est dans son programme.

Elle ajouta avec enthousiasme, en se frottant même les mains :

— Si elle déménage ici, elle peut faire son internat à l'hôpital.

— Je ne sais pas si on en est déjà au stade de déménager à l'autre bout du continent l'un pour l'autre.

Le simple fait d'entendre la suggestion de Holly fit vibrer mon cœur. Même si je vivais là où Delilah vivait, que ce soit en Caroline du Nord ou ailleurs, j'aurais quand même besoin de bien jouer mon coup pour réussir à la convaincre que nous pouvions partager quelque chose de sérieux. Ses niveaux de cynisme et de prudence étaient plus élevés que pour n'importe qui d'autre que j'aie rencontré.

Holly me lança un autre regard lourd de sens.

— Bah c'est sûr que Delilah va pas se projeter dans ce genre de plans si toi t'as des doutes. J'entends ces supers histoires de gens qui se rencontrent alors qu'ils vivent loin, et qui tombent amoureux. Ils apprennent à se connaitre avant de vivre ensemble. Je crois que c'est vraiment une super façon d'apprendre à connaitre quelqu'un. Tu devrais profiter de cette distance.

— Dit la fille qui a épousé mon meilleur ami d'enfance. Vous vous connaissez depuis que vous êtes bébés, marmonnai-je.

Nate gloussa et s'adossa à la banquette, posant son bras sur l'épaule de Holly.

— Il a pas tort.

Holly secoua la tête en lâchant un petit soupir.

— Eh bah ce n'est pas le cas pour lui. J'étais en train de parler de sa situation, pas de la mienne.

— Qu'est-ce que tu as dit ?

Delilah était silencieuse au bout du fil. J'entendis

un soupir passer dans l'appel et je sentais bien qu'elle était agacée. Moi, j'étais choqué et confus.

— Mon père est malade.

Je me souvenais qu'elle avait fait très attention de ne pas me présenter à ses parents, même quand je lui avais posé la question. Je me rendais compte de tout ce que je ne savais pas à propos de Delilah. Ce n'était pas juste l'avancée de ses études d'infirmière. C'était sur tout.

— Malade comment ? demandai-je.

— Il est mourant, murmura-t-elle.

— Je suis désolé, dis-je d'une voix rauque. Pourquoi est-ce que tu ne m'en as pas parlé plus tôt ?

J'essayai d'imaginer son visage, je voyais le regard suspect qu'elle m'aurait lancé, car je savais qu'elle n'aimait pas que je lui pose des questions personnelles. À l'instant, je commençais à avoir l'impression qu'elle ne me laisserait jamais vraiment l'approcher et qu'elle garderait toujours ses distances avec cette histoire. Dans notre cas, la distance était celle d'un continent entier.

— Je ne sais pas. Je ne parle pas vraiment de ma vie privée. À qui que ce soit. Je n'en ai pas l'habitude. Quand j'étais petite, je ne pouvais pas inviter d'amis à la maison à cause de ce qu'il s'y passait, donc c'est une habitude de ne pas en parler, expliqua-t-elle.

— Quand est-ce que tu as appris qu'il était malade ? demandai-je doucement.

— Pas longtemps après mon retour du ski.

J'entendais dans son ton qu'elle était sur la défensive. J'essayai de me souvenir que ça n'aiderait pas que je lui en veuille de ne pas me l'avoir dit plus tôt. Ce n'était pas ce détail qui m'attristait. C'était le fait de réaliser qu'il y avait tant de choses qu'elle ne m'avait pas dites.

— C'est pour ça que tu ne voulais pas que je rencontre tes parents quand je suis venu ?

— J'imagine. Alex, ne le prends pas personnellement. Je parle à ma mère, mais je n'ai jamais été proche de mon père. De toute ma vie. Il a un cancer du côlon, et c'est très avancé. Ma mère dit que les médecins ne lui donnent que quelques mois de plus.

— Je suis vraiment désolé, Delilah.

Mes mots me semblaient insuffisants par rapport à ce dont elle avait besoin. J'avais envie de la prendre dans mes bras.

Comme je venais d'une famille aimante, c'était difficile d'imaginer ce qu'elle ressentait. J'avais envie de voir son visage.

— Est-ce qu'on peut passer en appel vidéo ? demandai-je, mes mots dépassant mes pensées.

Delilah resta silencieuse quelques secondes, le silence s'installant lourdement au bout du fil.

— D'accord, dit-elle enfin.

— Je raccroche et je te rappelle.

Dès que je raccrochai, je réalisai qu'elle ne me répondrait peut-être pas une nouvelle fois. Je cliquai sur la fonction d'appel vidéo et entrai son numéro avant d'attendre. Je retins mon souffle puis elle décrocha. Elle n'était pas fan des appels vidéo. J'essayai de la convaincre d'en faire un tous les soirs, et elle était toujours réticente.

Je pensais savoir exactement pourquoi. On ne pouvait pas détourner le regard.

— Salut, dis-je doucement en voyant son visage.

Des lignes de tension entouraient ses yeux et sa bouche et elle avait l'air fatiguée.

— Merde, commença Delilah avant d'écarter nerveusement ses cheveux de son visage. Tu es beau et en forme, et moi je suis juste habituée à ce que personne ne me pose la question. J'espère que tu ne le prends pas de la mauvaise façon, le fait que je n'aie pas parlé de mon père plus tôt.

Aussi fou que ça paraisse, le fait que ça l'inquiète me fit plaisir. Pas parce que je voulais qu'elle s'inquiète. Non, le fait qu'elle s'inquiète me faisait mal au cœur, et je détestais être si loin d'elle. Mais le fait qu'elle s'inquiète voulait dire qu'elle comprenait que c'était important pour moi, qu'*elle* était importante pour moi. C'était quelque chose qui me paraissait incroyable, une étape monumentale.

— C'est pas grave, dis-je. Je suis vraiment désolé pour ton père. Est-ce que je peux faire quoi que ce soit pour t'aider ?

La jolie bouche de Delilah se tordit et elle secoua la tête.

— Non. C'est juste bizarre. J'y suis allée hier, au moment où ma mère a dit qu'il serait peut-être levé. Il l'était, mais il était vraiment dans les vapes. Ils lui font déjà des soins palliatifs. C'est un alcoolique depuis toujours, et maintenant il est shooté aux antidouleurs. Je m'en fiche. Je veux juste qu'il ne souffre pas.

— Je suis content qu'il ne souffre pas, même si ça veut dire qu'il est dans les vapes.

J'arrêtai de parler, en essayant de rassembler mes pensées. Je continuai même si je ne savais pas vraiment ce que j'essayais de lui exprimer.

— Je ne peux pas te dire que je sais ce que tu as vécu ou que je comprends ce que ça fait de grandir dans ces conditions, car mon enfance n'était pas comme ça. Je sais que ce ne serait pas facile de ne pas avoir des parents vers qui me tourner, et je suis désolé que tu n'aies pas eu ce que j'ai eu. S'il y a quoi que ce soit que je peux te donner, je veux simplement t'offrir un espace où tu as l'impression d'avoir ta place.

Le regard de Delilah chercha le mien à travers l'écran de téléphone. J'eus l'impression de voir l'éclat de quelque chose dans ses yeux, mais je n'en étais pas certain.

— J'aimerais beaucoup ça, dit-elle enfin. Parle-moi de ta famille.

— Eh bien, tu connais Holly. C'est ma sœur jumelle. C'était juste moi et elle. Mon père est pilote, tout comme moi.

— Tu es pilote aussi ? interrompit Delilah.

— Ouais, je ne te l'avais pas dit ? Mon vrai boulot, c'est d'être mécanicien d'avion, mais je vole aussi.

Elle sourit, et ça faisait un bien fou à voir.

— Donc ouais, comme Nate. Tu te souviens de lui, à Noël ?

Quand Delilah hocha la tête, je continuai.

— Mon père est un pilote de campagne, il a volé partout en Alaska avant de prendre sa retraite. Ma mère est infirmière. Elle a pris sa retraite. Enfin, pas à 100 %. Elle travaille quand il y a un manque de personnel à l'hôpital. Avant que tu ne viennes me rendre visite ici, il faut que tu saches que Holly veut que tu fasses ton internat à l'hôpital de Willow Brook. Elle m'a aussi fait la morale parce qu'apparemment je suis censé tout savoir sur ton programme d'école d'inf.

Delilah rit.

— Comment va Holly ? Et c'est l'année prochaine que je suis censée faire mon internat.

Le fait qu'elle ignore entièrement la remarque de Holly sur le fait qu'elle fasse son internat en Alaska ne m'échappa pas, mais je n'insistai pas pour l'instant.

— Holly va bien. Mes parents sont toujours ensemble, et ils vivent dans ma maison d'enfance. Que tu le veuilles ou non, je ne pense pas qu'on pourra les éviter quand tu viendras me rendre visite. Willow

Brook est une petite ville, et Holly leur a déjà dit que tu venais. Désolé.

Elle haussa les épaules.

— C'est pas grave. J'ai déjà rencontré Holly. Si je peux m'en sortir avec elle, je peux sans doute m'en sortir avec tes parents, non ?

— Tu peux t'en sortir avec n'importe qui, Delilah.

Ses joues rougirent.

— J'ai un cours dans cinq minutes. Je devrais y aller parce que j'ai besoin de réchauffer mon diner avant que ça ne commence.

— Ça marche. Merci de m'avoir dit pour ton père.

Delilah hocha la tête. Elle appuya deux doigts sur ses lèvres et me souffla un bisou.

Chapitre Vingt-Deux
DELILAH

— Hey, Dee, dit mon père, en utilisant un surnom qu'il était le seul à utiliser.

Quand j'étais petite, je détestais ce surnom, car je le trouvais paresseux, comme tout ce que mon père faisait. De la même manière qu'il était incapable de garder un boulot, d'arrêter de boire, et d'avoir une vie rangée, il n'était pas non plus capable de dire mon nom en entier. Non pas qu'il y ait quoi que ce soit de mal avec ce surnom en particulier. Mais personne d'autre ne m'appelait comme ça.

Mais tout de suite, ça me pinçait l'estomac. C'était le même sentiment de vide que l'on ressent dans un ascenseur, ou quand on est sur un manège et qu'on tombe soudainement dans le vide. Comme il était le seul à m'appeler comme ça, je savais que je n'entendrais ce surnom qu'un nombre limité de fois.

Une tristesse s'empara de moi, et j'eus besoin de fermer les yeux une minute en m'asseyant sur la chaise à côté de son lit. En ouvrant les yeux, je vis que ceux de mon père étaient fermés alors qu'il était allongé dans son lit. Il avait l'air faible. Ses bras étaient maigres, et sa peau était sèche. Il avait perdu ses couleurs. C'était presque comme si la lumière de la vie qui l'habitait mourait lentement. Ce qui, en soi, était le cas.

— Salut papa. Comment tu te sens ?

— Horriblement mal, répondit-il avec un petit rire en ouvrant les yeux.

C'était l'une des choses que je pouvais dire que mon père m'avait apprises. Il était toujours direct et ouvert. Même sur ses tendances « alcoolo ». Pour reprendre ses mots.

Je tendis la main pour serrer la sienne, et je fus surprise de remarquer à quel point sa prise était faible en retour. En retirant ma main, je nouai mes doigts avant de les poser sur mes genoux. Je tapai du pied nerveusement tout comme quand j'étais très stressée.

Mon père tourna la tête pour regarder par la fenêtre non loin de son lit. Il pleuvait aujourd'hui, ce qui allait avec l'ambiance. Je me sentais tout aussi morose et mélancolique que le ciel, et la pluie représentait les larmes que je n'avais pas encore pleurées. Je sautai presque de ma chaise quand il parla, d'une voix soufflée.

— Je sais que je n'ai pas été le meilleur des pères. J'espère que tu sais que je t'ai aimée, et que je t'aime toujours. Je suis allé à une réunion d'alcooliques anonymes la semaine dernière.

J'étais soulagée qu'il regarde par la fenêtre, car j'avais ouvert la bouche de choc. Il le vit en tournant la tête vers moi avec un petit sourire.

— T'inquiète. Tu as le droit d'être aussi choquée que tu le veux. Je dis de la merde contre les AA depuis toujours. J'y suis allé parce que je voulais régler une chose avant de mourir.

— Quoi donc, papa ?

J'avais l'impression d'être une petite fille à nouveau. Comme si je l'observais du coin de la pièce en attendant de voir mon père faire ce dont j'avais toujours rêvé : se reprendre en main.

— Eh bien, je ne peux pas arrêter de boire, et je ne pense pas avoir le temps de passer par toutes les étapes de rémission. Mais je peux te dire que je suis désolé d'avoir laissé l'alcool voler ma vie et ton enfance.

Je n'avais pas réalisé que je pleurais jusqu'à ce que je sente une larme glisser le long de ma joue, se refroidissant dans l'air. Mon père tendit lentement la main vers la table de chevet pour me tendre une boite de mouchoirs. Je me mis à rire. Après m'être mouchée et m'être essuyé les yeux, j'écrasai mon mouchoir dans ma main.

— Ça ne vaut pas grand-chose, mais je suis désolé, ajouta mon père.

Ses yeux bleus soutinrent les miens tandis que j'étudiais son visage. Il avait la peau d'un alcoolique. Sous la surface de sa peau pâle, je voyais la carte de ses vaisseaux sanguins brisés.

— C'est pas grave, papa. Je suis désolée que tu sois malade.

— C'est pas grave non plus. Ah, durant des années j'ai essayé de choper des prescriptions d'antidouleurs. Je n'ai jamais réussi, mais c'est parce qu'il fallait aller voir un médecin, donc c'était plus dur pour moi. Maintenant, je suis complètement shooté, lança-t-il avec un petit rire.

— Je veux que tu te sentes bien. Tu es sûr que ça va aller que je parte une semaine ?

— Bien sûr. Ta mère m'a dit que tu avais rencontré un gars. Dis-moi qu'il n'a pas de problème de boisson, s'il te plait.

— Non.

Je secouai la tête un peu fort et ma poitrine se serra.

— Parle-moi de lui.

Une conversation que je ne pensais *jamais* avoir de ma vie : je restai assise sur une chaise à côté du lit de mon père et lui racontai presque tout ce que je savais sur Alex – comment on s'était rencontrés en colo, les vacances au ski et le billet d'avion qu'il m'avait acheté. Tout sauf le sexe. J'exclus cette partie-là.

Je parlai jusqu'à ce que les yeux de mon père se ferment et qu'il respire au rythme doux du sommeil.

Chapitre Vingt-Trois
DELILAH

Fin avril

Une fois encore, je me retrouvai à regarder par la fenêtre d'un avion à admirer la vue des chaines montagneuses au sol, des sommets couverts de neige et du contraste qu'ils offraient face au ciel bleu. La surface de l'océan bougeait avec le vent alors que l'avion descendait à l'approche d'Anchorage.

À la minute où on atterrit, mon cœur se mit à battre la chamade. Dès qu'on nous autorisa à allumer nos téléphones, je pris le mien. Il vibra immédiatement avec un message d'Alex.

Alex : *Je t'attends juste devant la sécurité.* Je reçus une émoticône d'un grand sourire après ce texto d'une seule phrase.

Mon cœur était en folie, sautant dans ma poitrine d'excitation. Quelques minutes plus tard, je marchais avec une foule de gens. Quand on tourna à l'angle d'un couloir, je vis Alex de l'autre côté des portes en verre qui séparaient cette partie de l'aéroport de la partie non sécurisée.

Ses yeux me cherchaient dans la foule. Je sentis un pincement dans mon estomac quand son regard se posa sur moi. Mon cœur battait fort et mon souffle se coinça dans ma gorge. Il sourit et je sentis mes lèvres s'étirer en retour.

J'avais toujours l'impression d'être une idiote quand il s'agissait d'Alex. Plus qu'excitée, je mourais d'envie de hurler et de courir jusqu'à lui. Mais il fallut que j'attende, car une petite fille avait fait tomber son sac devant moi, et je manquai de trébucher dessus. Elle se mit à pleurer et je me retrouvai en train d'aider sa mère qui tenait la main d'un petit enfant, décidé à partir dans l'autre direction.

Une fois que la petite fille eut cessé de pleurer et qu'on avançait à nouveau, je levai les yeux vers Alex, qui m'attendait toujours. Je ne savais même pas quoi penser de mon propre niveau de cynisme. Pendant une seconde, je m'étais honnêtement demandé s'il était parti. Je veux dire, c'était fou. Il était venu me récupérer. Il m'avait acheté un billet d'avion. Qui partirait ?

Je n'avais simplement pas l'habitude que les gens se dérangent à ce point. Enfin, je passai les portes qui disaient que je ne pouvais pas faire demi-tour. Si mon point de non-retour voulait dire sauter dans les bras d'Alex, c'était une bonne affaire.

Il ne parla même pas. Il s'avança simplement vers moi et me serra fort dans ses bras. Je le sentais des pieds à la tête et je pris une profonde inspiration, soufflant d'un soupir tremblant et plongeant mon visage dans son torse. Il sentait si bon.

Après une minute, je levai la tête tandis qu'il me caressait le dos d'une main douce. Je trouvai ses yeux marron qui m'attendaient.

— Salut, dit-il.

— Salut, répondis-je.

On se regarda un long moment et je sentis un rire monter en moi. Quand il m'échappa, Alex rit avant de demander :

— Qu'est-ce qu'il y a de si drôle ?

— Je ne sais pas.

Je ne savais vraiment pas. Je riais sans doute juste par nervosité. C'était le bon genre de stress, mais ça restait du stress.

Quand quelqu'un me poussa dans le dos, Alex attrapa mon sac, je n'avais même pas remarqué que je l'avais posé. Ma petite valise sur roues était tombée au sol, avec la poignée étalée de toute sa longueur. En se penchant, il la ramassa, se tournant et gardant un bras fermement autour de ma taille.

— Prête à partir ? demanda-t-il.

— Bien sûr. Sauf si tu veux trainer à l'aéroport.

On commença à marcher côte à côte, et je levai les yeux vers lui pour trouver ses joues fendues d'un sourire.

— Ça ne me dérangerait pas de trainer à l'aéroport tant que tu es là. Tu avais des bagages en soute ?

Je secouai la tête.

— Nan. Je déteste récupérer mes bagages, et puis c'est cher maintenant. Il faut payer même pour un seul sac.

— Je comprends. Que je puisse me le permettre ou non, c'est un peu le principe. Je déteste devoir payer pour ça. Content que tu aies pris ton manteau long, observa-t-il en me regardant.

J'avais mon manteau sous le bras.

— Je n'étais pas sûre de la météo qu'il ferait. J'ai regardé, et ça disait qu'il ferait plus chaud en journée, mais les nuits ont l'air froides.

Alex hocha la tête.

— La saison des boues arrive, expliqua-t-il. Ce n'est pas le moment le plus joli de l'année. J'aimerais que tu reviennes en été pour que tu puisses voir les épilobes.

Je ne savais pas comment répondre parce que ça voulait dire faire des plans pour l'avenir. Ça m'avait demandé tant de courage pour venir aujourd'hui. Je n'étais pas sûre que j'étais prête à faire plus. Mon avion avait atterri en retard et il faisait déjà sombre quand on sortit de l'aéroport. Alex ne s'écarta pas une seule fois et ne délogea pas son bras de ma taille. Sa paume arrivait juste au bord de mon pubis, et j'adorais ça. J'adorais qu'il me tienne si près de lui.

Même si je savais que nous étions en Alaska, c'était drôle de voir que tous les aéroports se ressemblaient. On sortit par une porte tournante, vers un trottoir où s'alignaient les taxis et les chauffeurs privés pour récupérer les gens qui sortaient de l'aéroport.

Mon souffle créait un nuage dans l'air. J'avais assez froid pour avoir envie de mettre mon manteau. Je ne l'enfilai pas, cependant, car ça voulait dire m'éloigner d'Alex pendant qu'on marchait vers le parking. Quand on arriva à sa voiture, je jetai un œil vers lui.

— Tu as laissé ta voiture allumée tout ce temps ?

Il rit.

— Bien sûr que non. J'ai une télécommande pour la démarrer à distance. Je l'ai démarrée dès que je t'ai vue arriver. Il fait froid dehors, donc je voulais que tu puisses être au chaud.

Je souris en montant dans la voiture.

— C'est la même voiture que quand tu m'as récupérée sur le bord de l'autoroute à Noël, dis-je en enfilant ma ceinture de sécurité.

Alex, homme bien élevé qu'il était, avait rangé ma

valise et avait insisté pour que j'enfile mon manteau. Il me jeta un coup d'œil en mettant sa propre ceinture.

— Bien sûr. Je n'en ai pas deux. Juste celle-là.

Mon Dieu, j'étais tellement ridicule quand j'étais avec lui. La joie me traversait et je lui souris.

On resta silencieux tandis qu'il quittait le parking et payait le ticket. Quand j'offris de le payer, il m'ignora et un sentiment d'insécurité me traversa. J'avais passé la majorité de ma vie dans le manque – pas assez d'argent, pas assez de vêtements, pas assez de quoi que ce soit. Il avait insisté pour payer mon billet d'avion, et j'étais prête à parier qu'il allait payer la plupart des choses pendant que j'étais là.

— S'il te plait, laisse-moi payer pour quelque chose.

Mes mots m'échappèrent avant que je ne puisse m'arrêter.

L'une des mains d'Alex tenait le volant alors qu'il me regardait.

— Je t'accueille, dit-il comme si ça expliquait tout.

— Mais tu as payé ton propre billet pour la Caroline du Nord, protestai-je, sans vraiment savoir pourquoi je parlais de ça.

Ça me mettait un peu mal à l'aise.

Le feu de circulation auquel nous attendions passa au vert. Alors qu'il continuait sa route, je restai silencieuse en me disant de me taire. Je n'avais pas beaucoup d'argent. Tout ce que je pouvais économiser me permettait de payer mes études d'infirmière.

— Je ne veux pas me disputer pour de l'argent, dit enfin Alex en s'engageant sur l'autoroute.

— Moi non plus, dis-je doucement.

Comme je regardais par la fenêtre dans un effort de ne pas m'énerver de façon irrationnelle, je ne m'étais pas rendu compte qu'il essayait d'attraper ma main jusqu'à ce qu'il attire la mienne sur sa cuisse, dans une étreinte chaude et ferme.

— Arrête de t'inquiéter. Je vois presque les mécanismes tourner dans ta tête, dit-il.

J'entendais le sourire dans sa voix, et la tension qui s'était accumulée dans ma poitrine se relâcha un peu.

— D'accord. Je vais essayer. On est loin comment de Willow Brook ? demandai-je en me disant qu'il valait mieux changer de sujet pour me distraire de mes inquiétudes.

— Quarante-cinq minutes à peu près. Dans quelques minutes, on sera assez loin des éclairages de la ville pour que tu profites de la vue.

— Il fait sombre.

Je nommai l'évidence.

— Comment est-ce que je vais profiter de la vue ?

Alex rit doucement et serra ma main tandis que ses doigts entouraient les miens.

— C'est la pleine lune ce soir, et il n'y a pas de nuages. Je te promets, c'est une sacrée vue.

Comme il l'avait prédit, quelques minutes plus tard, je regardai par la fenêtre et vis la silhouette de la chaine de montagnes. Des étoiles brillantes perçaient l'obscurité. Quand je regardai de l'autre côté, l'éclat de la lune jetait ses rayons à la surface de l'eau. L'océan dansait sous sa lumière argentée.

— Willow Brook est au bord de l'océan ? demandai-je.

— Pas loin, répondit Alex. Il y a un grand lac en ville, et l'océan est à une vingtaine de minutes. Là, c'est Cook Inlet que tu vois. Ça rejoint l'océan Pacifique.

— C'est splendide.

Je sentis une admiration se déployer en moi. Alors

que mes émotions se rebellaient, la beauté du paysage m'atteignit et vola mon cœur.

— Oui.

On resta silencieux le restant de la route. Après un moment, Alex changea d'autoroute – une section plus calme – et, quelques minutes plus tard, les lumières de la ville apparurent.

— C'est Willow Brook, dit-il en s'engageant vers une rue.

Il était près de minuit, donc tous les magasins étaient fermés, mais les lampadaires étaient allumés. La rue principale regroupait de nombreux magasins mignons et des panneaux qui brillaient dans le noir.

— On ira prendre un café ici demain matin, dit-il alors qu'on passait un bâtiment nommé le Firehouse Café.

Quelques minutes plus tard, Alex se gara devant une petite maison. Deux lumières entouraient la porte d'entrée.

— Nous y voilà.

Il insista pour porter ma valise, et mes pas crissèrent sur le gravier tandis que je le suivais jusqu'aux marches qui menaient vers sa maison. En regardant autour de moi, je ne vis rien d'autre que des arbres, mais je vis qu'il y avait d'autres maisons non loin, car nous étions passés devant en voiture.

Je ne voyais pas grand-chose au-delà de ce que les lumières du porche illuminaient. On s'avança dans une entrée carrelée et Alex alluma la lumière. D'ici, je voyais toute la pièce ouverte, jusqu'au mur de baies vitrées qui donnaient sur les montagnes et la lune.

— C'est tellement joli, dis-je doucement.

— C'est difficile de ne pas avoir une jolie vue en Alaska, commenta-t-il en haussant les épaules. Tu peux accrocher ton manteau ici.

Il désignait un porte-manteau à côté de la porte. Je retirai mes chaussures et accrochai mon manteau, le suivant tandis qu'il traversait le salon et passait un ilot qui délimitait la cuisine, puis s'avançait vers une porte sur l'un des côtés de la partie centrale.

Il me guida vers ce que je supposais être la chambre principale. Cette pièce aussi avait de grandes fenêtres qui donnaient sur la montagne et la lune, ainsi qu'un énorme lit.

Alex fit rouler ma valise à travers une autre porte, sur le côté de la chambre. En le suivant, je réalisai que nous étions entrés dans un dressing, avec des étagères de chaque côté. Il souleva ma valise et la posa sur une commode.

— Tu peux laisser ça ici.

Il me fit une visite rapide. Il y avait sa chambre, qui avait une belle salle de bains et une baignoire immense. Le salon et la cuisine étaient décorés de tons neutres, tout comme le reste de la maison. Il y avait une autre chambre en face de celle d'Alex, de l'autre côté du salon, et une salle de bains avec une machine à laver et un sèche-linge.

Quand on revint dans le salon, je commentai :

— C'est un super lieu. Tu l'as bien décoré.

Alex me lança un petit sourire gêné.

— Ma mère et Holly se sont occupées de la déco. Mais je l'ai construite. Nate m'a aidé. Tu as faim ? Je savais que tu arriverais tard, donc j'ai pris une pizza qu'on peut réchauffer si tu as faim.

Alors que j'étais sur le point de refuser, mon estomac grogna.

Alex rit.

— Je vais la mettre à chauffer de suite.

Je ne me souvenais pas m'être endormie sur le

canapé après notre diner, mais je me réveillai quand Alex me souleva dans ses bras.

— On va se coucher, murmura-t-il en posant ses lèvres sur ma tempe.

La tension d'un long voyage quitta mon corps alors que je m'endormais dans les bras d'Alex.

Chapitre Vingt-Quatre
ALEX

Les joues de Delilah étaient encore roses après notre douche. Je n'allais pas la laisser se doucher seule, donc nous nous étions douchés ensemble avant de sauter dans ma voiture pour aller petit-déjeuner. Ses cheveux étaient encore humides et elle leva la main pour les toucher.

— Tu es sûr ?

— Est-ce que je suis sûr de quoi ?

— Que je peux sortir comme ça avec les cheveux mouillés.

Je retins un sourire.

— Bien sûr. Mes cheveux aussi sont encore mouillés.

Je désignai mes boucles humides.

Elle leva les yeux au ciel en soufflant.

— T'es un mec.

Je tendis le bras à travers la voiture pour prendre sa main et la serrer légèrement.

— Delilah, c'est l'Alaska. Tu peux débarquer avec des bottes en caoutchouc dans l'un des restaurants les plus chics et ce ne serait pas un problème. On va juste prendre un café. Je te jure, c'est vraiment détendu.

— Ouais, mais qui est-ce qu'on va croiser ? C'est ta ville natale.

— Je n'ai pas prévu de retrouver qui que ce soit, donc, si on croise quelqu'un, ce sera juste par hasard.

— Oh mon Dieu, est-ce que c'est le genre d'endroit où vont tes parents ? Et si on les croise eux par hasard ?

Cette fois-ci, je ne pus m'empêcher de rire.

— Bébé, ils s'en ficheraient complètement. Je ne t'ai jamais vu t'inquiéter autant de ton apparence. Qu'est-ce qui t'arrive ?

Alors que je m'engageais sur la grand-rue de Willow Brook, je jetai un œil vers elle. Elle avait l'air un peu tendue et mon cœur se serra.

— Je ne sais pas. C'est juste que c'est ton monde et que je ne veux pas faire une mauvaise impression.

— Tu as déjà rencontré Holly. C'est sans doute la personne la plus difficile à convaincre dans ma famille. Et tu ne t'inquiétais pas de ça quand on était à la station de ski.

Je tournai vers le parking du Firehouse Café, visant la place au fond du parking.

— Ouais, mais c'était pas prévu. Je n'ai pas eu le temps de m'inquiéter, expliqua Delilah.

— Je ne vais pas te dire de ne pas t'inquiéter parce que quand les gens me disent ça, ça n'aide pas du tout.

Delilah me lança un grand sourire.

— Merci. Quand les gens me disent de ne pas m'inquiéter, j'ai l'impression d'être bête. Et je m'inquiète du fait que je m'inquiète. C'est comme si je faisais quelque chose de mal.

— Exactement. Je te dirai simplement ça : tu es magnifique, et je ne te pense pas capable de faire une mauvaise impression.

Delilah tordit ses lèvres sur le côté, mais elle ne me contredit pas plus. Un instant plus tard, je lui ouvris la porte et attrapai sa main alors qu'elle se refermait derrière nous. La clochette retentit au-dessus de nos têtes. Je vis Delilah faire le tour de la pièce avec ses yeux.

Le Firehouse Café était là depuis que j'étais enfant. Je pris un instant pour le regarder à travers ses yeux. Le café était dans l'ancienne caserne de la ville. Le grand garage carré avait été transformé en un coin restauration et une boulangerie ouverte, avec une cuisine dans la pièce arrière. Les barres de descente avaient été peintes de couleurs pétantes avec des fleurs d'épilobes en motif, des tables en bois carrées étaient parsemées partout dans l'espace tandis que des œuvres d'art locales décoraient les murs.

Je reconnus certains des visages présents, mais personne de ma famille ou de mes amis proches. Je lâchai un soupir de soulagement. Même si, pour moi, avoir une famille et des amis qui participaient chaleureusement au quotidien de ma vie était un réconfort, je voyais que Delilah était un peu tendue sur le sujet. J'en savais assez sur son enfance pour comprendre.

Delilah avait géré sa vie de façon indépendante depuis qu'elle était enfant. J'avais envie qu'elle apprenne qu'elle avait le droit de compter sur quelqu'un. Il fallait simplement que je trouve le bon moment.

— On fait la queue ou on prend une table ? demanda Delilah en levant les yeux vers moi.

Je résistai à l'envie de l'embrasser. Delilah ne portait pas de maquillage, et avec son visage fraichement lavé, les joues rosies par l'air du matin, elle était splendide. Ses lèvres roses étaient gonflées des baisers fous que nous avions échangés sous la douche.

Je résistai à mon envie, sachant qu'elle n'apprécierait sans doute pas l'aspect public de la chose.

— Comme on veut, dis-je en haussant les épaules. Si on s'installe, quelqu'un viendra s'occuper de nous, mais il n'y a pas de menus. Tu vas peut-être avoir envie de commander au comptoir pour pouvoir choisir ce que tu veux sur l'ardoise du petit déj'.

Delilah avança vers le comptoir et je la suivis, en gardant sa main dans la mienne. Deux femmes qui se tenaient la main s'écartèrent lorsqu'on arriva au comptoir.

Janet nous lança un grand sourire.

— Salut Alex. Qui est ton amie ?

Le regard intelligent de Janet passa de nos mains au visage de Delilah.

— C'est Delilah, répondis-je. Elle vient passer une semaine ici, elle arrive de Caroline du Nord, de la même ville où Remy a grandi.

Je ne savais pas si c'était physiquement possible, mais le sourire de Janet s'agrandit encore plus quand elle se tourna vers Delilah.

— Ravie de te rencontrer. Bienvenue chez nous. Qu'est-ce que je peux te servir ce matin ?

J'étais soulagé de voir que Janet restait brève. Elle avait tendance à être très bavarde, mais elle était aussi trop gentille pour se moquer de Delilah. Je commandai un café et un bagel avec du fromage à tartiner tandis que Delilah lisait l'ardoise au-dessus du comptoir.

— Je vais prendre un café noir, dit-elle. Et le bagel au saumon fumé me parait bien aussi.

— Oh, c'est délicieux, assura Janet.

— Mets le tout sur ma note, s'il te plait, dis-je en regardant Janet.

— Ça marche. Allez vous installer.

Quelques personnes faisaient la queue derrière

nous, donc on s'écarta pour s'installer à une table près des fenêtres.

— Ce café est mignon, lança Delilah en retirant son manteau pour le poser sur le dos de sa chaise.

— Oui. C'était la caserne de pompiers de la ville, à la base.

— Janet a l'air gentille, ajouta-t-elle.

— Elle est géniale. C'est une amie de ma mère, donc je devrais te prévenir : elle va sans doute envoyer un texto à ma mère pour lui dire qu'elle t'a rencontrée la première.

Les joues de Delilah rosirent. Elle secoua un peu la tête, ses cils battant ses joues tandis qu'elle déroulait la serviette qui entourait ses couverts sur la table.

Janet venait de nous apporter nos cafés quand Remy Martin passa la porte. Ses yeux firent le tour de la pièce, s'écarquillant quand ils se posèrent sur Delilah. Il s'avança immédiatement vers nous.

— Salut toi ! dit-il en s'arrêtant à côté de notre table.

Delilah leva la tête, un grand sourire sur le visage.

— Salut Remy !

Elle se leva et lui fit un gros câlin. J'étais étrangement soulagé de voir qu'elle était encore un peu tendue avec quelqu'un qu'elle connaissait depuis des années. Soulagé et un peu triste. Remy nous regarda tous les deux. Je l'avais croisé la semaine dernière et lui avais dit que Delilah serait dans le coin. Je n'étais pas sûr qu'il m'ait cru.

— Quand est-ce que tu es arrivée ? demanda-t-il.

— Tard hier soir. Après minuit même, donc, techniquement, ce matin, je suppose, répondit-elle.

— Salut Remy, lança Janet en arrivant avec nos bagels. Tu veux que je te prépare la même chose que d'habitude ? demanda-t-elle après avoir posé nos assiettes devant nous.

— Avec plaisir. Merci Janet, répliqua-t-il.

Elle était déjà repartie derrière le comptoir où quelqu'un d'autre attendait.

— On devrait se faire un diner, dit Remy. Je n'ai pas le temps de rester à papoter parce que je suis en chemin vers la caserne pour ma garde, mais Rachel adorerait te voir.

Delilah me jeta un coup d'œil et je hochai la tête.

— Dis-moi quand ça t'arrange. On dine avec mes parents ce soir, mais n'importe quel soir fonctionne à part ça.

— Tu bosses cette semaine ? demanda-t-il.

— Je suis juste de garde pour des urgences.

— Ça marche. Eh bah je vais voir avec Rachel et je t'envoie un texto, d'acc ?

— Parfait, mec.

Remy fit une petite tape sur l'épaule de Delilah en se retournant.

Delilah prit une bouchée de son bagel et lâcha un long gémissement.

— Oh mon Dieu, dit-elle après avoir terminé sa bouchée. C'est incroyablement bon.

Je souris.

— Ah, oui. On n'importe pas notre saumon ici. Il a sûrement été pêché juste là, dans le Cook. Tu étais proche de Remy en grandissant ? demandai-je entre deux bouchées de mon propre bagel et quelques gorgées de café.

Delilah pencha la tête sur le côté, levant une main et la faisant danser dans l'air.

— Un peu. Je suis allée au lycée avec Shay, donc je la connaissais mieux que lui, bien sûr. Il était un peu plus vieux que nous. Donc c'est ce genre d'ami. Du genre, je le connais depuis toujours, mais on n'a jamais été ultra proches.

Avant que je ne puisse dire quoi que ce soit d'autre, elle ajouta :

— Donc on dine avec tes parents ce soir ?

Je lâchai un gros mot silencieux. Elle allait sans doute s'en inquiéter toute la journée, maintenant.

— Ça ne te dérange pas ? Parce que je peux changer les plans. Je me suis juste dit que c'était l'occasion, comme tu étais là. Holly et Nate seront là aussi.

Les yeux de Delilah étudièrent mon visage, mais elle resta silencieuse un instant avant de dire :

— D'accord. Je me suis dit que j'allais sans doute les rencontrer. Au moins, comme ça, je ne stresserai qu'une seule journée.

— Je te jure, ils ne mordent pas.

Elle resta silencieuse quelques minutes, et le bruit des conversations autour de nous remplit les quelques instants suivants pendant que nous mangions. Je me disais qu'elle allait sans doute changer de sujet, mais elle sortit :

— Je n'ai jamais rencontré les parents de qui que ce soit.

En la regardant, je dis la seule chose qui me traversa l'esprit.

— Je n'ai jamais présenté qui que ce soit à mes parents.

Chapitre Vingt-Cinq
DELILAH

— Donc, qu'est-ce que tu fais dans la vie ? demanda Leslie, la mère d'Alex.

C'était, bien entendu, une question tout à fait normale, attendue et polie. C'était juste que je ne trouvais pas ça génial de dire à sa mère que j'étais barmaid.

Mais mon honnêteté était l'une de mes fiertés.

— Je travaille dans un bar. Et je suis en école d'infirmière, ajoutai-je en espérant que mon visage affichait le sourire que j'imaginais.

J'étais *bien* trop tendue à propos du fait que je rencontrais les parents d'Alex.

Leslie sourit.

— Oh, moi aussi j'ai bossé dans des bars pendant quelques années pendant mes études. C'est une très bonne façon de gagner un peu d'argent avec un emploi du temps flexible. Holly m'a dit que tu étais en école d'inf. Comment ça se passe ?

— Ça va, je crois. Je suis mes cours tout en travaillant à temps plein, donc c'est surtout en ligne. Au printemps prochain, il faudra que je me trouve un internat.

Sa mère hocha à nouveau la tête.

— Je vais être honnête, j'ai adoré être infirmière, mais les études ne me manquent *vraiment pas*. C'était beaucoup de boulot. Je n'arrive pas à croire que tu fais ça en plus d'un temps plein.

Je haussai les épaules.

— C'est le seul moyen pour réussir à me payer mes études. Après mon internat l'année prochaine, j'en aurai terminé.

Juste à ce moment-là, Alex et son père revinrent du garage où Alex était allé regarder quelque chose sur la voiture de son père.

— Quand est-ce qu'on mange ? demanda Russell, le père d'Alex.

La mère d'Alex me lança un sourire désolé.

— Il a toujours faim. Je n'ai jamais réussi à changer ça, même après trente-cinq ans de mariage.

Russell me lança un sourire confiant.

— C'est juste parce qu'elle cuisine trop bien.

Leslie se leva de là où elle était assise et s'avança vers lui. Elle se mit sur la pointe des pieds et déposa un baiser sur ses lèvres.

— Quel dragueur. C'est prêt dans un quart d'heure, je vais aller jeter un œil au four, répondit-elle. Tu sais quand Holly et Nate arrivent ?

Alex traversa la pièce pour venir se tenir à côté de moi tandis que j'étais assise dans une chaise confortable. Il regarda sa montre.

— Elle a dit qu'ils arriveraient il y a quinze minutes, donc ils sont clairement en retard.

Il me regarda.

— Tu veux quelque chose à boire ?

Je commençai à secouer la tête, mais Leslie répondit.

— Oh mon Dieu ! Je ne t'ai rien proposé à boire encore. Alex, remédie à cela.

Je sentis sa main se poser sur mon épaule, et ce contact subtil suffit à calmer l'anxiété qui courait dans ma poitrine.

— Il y a beaucoup d'options. Vin, bière, eau, soda, jus de fruits et je ne sais pas quoi, mais sans doute autre chose, proposa Alex avec un sourire.

— Qu'est-ce que tu bois, toi ?

— Je vais prendre une bière.

— Je vais prendre la même chose que toi.

Ses yeux surveillèrent les miens brièvement.

— Tu n'es pas obligée. Si tu veux autre chose, il suffit de le dire.

— J'aime bien la bière. Je te promets que je ne te copie pas, répondis-je avec un sourire.

Alex quitta le salon, passant sous l'arche qui menait à la cuisine. Un instant plus tard, il revint avec deux bouteilles de bière en main. Il s'assit sur la chaise à côté de moi. La maison de ses parents était confortable. Les plafonds étaient hauts et une lumière naturelle passait par les fenêtres qui donnaient sur le champ dehors. Ils avaient un grand canapé d'angle et deux fauteuils confortables tournés l'un vers l'autre, avec une petite table entre les deux.

J'avais envie de me détendre. Je n'étais pas si timide d'habitude. Je ne pouvais pas être timide et passer la journée à travailler dans un bar. Mais cette première que je vivais – rencontrer les parents d'un homme, un homme qui commençait à compter beaucoup pour moi – m'avait transformée en une boule de nerfs.

Alex trouva mon regard.

— Tu n'as pas besoin de t'inquiéter. Ils t'adorent déjà, dit-il d'une voix grave.

Je me mordis la lèvre avant de prendre une gorgée de ma bière.

— C'est une jolie maison, lançai-je, sans avoir envie de trop m'attarder sur mes sentiments.

— Oui.

En regardant par la fenêtre, je demandai :

— Existe-t-il un coin d'Alaska sans vue splendide ?

Il rit.

— Probablement pas. Je pourrais dire la même chose pour les montagnes de la Caroline du Nord.

— C'est vrai, mais tout est tellement plus grand ici.

Alex hochait encore la tête quand la porte d'entrée s'ouvrit et que Nate et Holly passèrent le seuil. Holly traversa immédiatement la pièce vers moi. En posant ma bière sur la table à côté de mon siège, je me levai pour la saluer et fus surprise quand elle me prit dans ses bras.

— Oh mon Dieu ! dit-elle en reculant. C'est tellement génial que tu sois là. Qu'est-ce que tu penses de Willow Brook pour l'instant ?

— C'est très beau, commençai-je à dire, incapable de trouver plus de mots.

Nate disait quelque chose à Alex, puis les parents d'Alex revinrent dans la pièce et tout le monde se salua. Je ne me sentais pas à ma place. Je n'avais aucune expérience avec ce genre de famille, le genre où tout le monde est gentil et s'aime bien, sans conflits.

Mes bonnes manières m'aidèrent à survivre à ce moment et, peu de temps après, on se retrouva assis à table. Dans toutes les maisons où j'avais habité avec mes parents pendant mon enfance, il n'y avait jamais eu de table à manger. J'imaginais qu'Alex et Holly avaient dû partager des repas tous les soirs avec leurs parents quand ils étaient enfants.

— Bénissons ce repas, dit sa mère.

Tout le monde pencha la tête.

— Amen, termina son père après avoir récité la prière la plus rapide que j'aie jamais entendue.

Je dus me mordre la lèvre pour ne pas rire quand Holly trouva mon regard depuis l'autre bout de la table, clairement amusée aussi.

— Tu peux rire. On faisait des courses de prière quand on était mômes.

Je ris.

— Je ne sais même pas ce que ça veut dire.

— On avait super faim, donc on voyait qui pouvait réciter la bénédiction le plus vite, expliqua Alex à côté de moi.

Le repas était délicieux. Sa mère avait préparé du saumon aromatisé au citron et à d'autres épices avec un riz pilaf et des asperges. Je venais de terminer mon assiette quand Holly demanda :

— Est-ce qu'Alex t'a parlé de la possibilité de faire ton internat à l'hôpital de Willow Brook ? Tu devrais le faire. Ce serait génial de t'avoir ici.

Quand je la regardai de l'autre côté de la table, elle avait l'air si amicale, avec l'envie d'aider, et j'avais envie de lui dire que j'allais le faire. Mais c'était fou. Je ne vivais pas ici, et j'avais l'impression que ce qu'Alex et moi partagions était un mirage. Que j'allais me réveiller un matin, seule dans mon appartement et me souvenir que ce n'était qu'un rêve.

— Il m'en a parlé, dis-je, m'arrêtant pour prendre une gorgée d'eau et poser lentement mes couverts dans mon assiette.

— La plupart des programmes en ligne laissent la possibilité de faire son internat où on veut. L'hôpital de Willow Brook a les qualifications nécessaires pour accueillir les internes infirmiers. Si tu as peur de m'avoir comme patronne, je peux déjà te dire que ce ne serait pas moi. Je suis en charge des urgences, mais c'est l'une de nos infirmières administratrices qui s'occupe des internes. Tu pourrais travailler avec moi, et c'est un groupe super sympa. J'espère que tu y songeras vraiment.

Chapitre Vingt-Six
ALEX

Delilah était stressée. Le repas avec ma famille s'était passé aussi bien que possible, du moins d'après moi. Mis à part le fait que Delilah avait été tendue tout du long.

Nous étions maintenant quelques jours plus tard, et sur le point de diner avec Remy et Rachel. Elle semblait à nouveau tendue. Nous nous retrouvions au Wildlands, car Delilah avait dit qu'elle voulait voir le bar, puis que j'avais dit que j'y retrouvais souvent mes amis.

Je coupai le moteur de ma voiture. Alors que le silence s'emparait du véhicule, le cri d'un aigle déchira le ciel.

— C'était quoi ?

Elle me regarda.

— Un aigle. Ils sont souvent perchés sur les arbres autour du lac.

On sortit et je l'invitai à me suivre vers le bord du parking du Wildlands. Le lac s'étendait devant nous, brillant sous les bandes orange, rouges et dorées du coucher de soleil naissant.

— C'est tellement beau ici, souffla Delilah à côté de moi.

— Oui.

En tendant le bras, j'attrapai sa main, mon cœur se serrant un petit peu alors qu'elle enroulait simplement ses doigts sur les miens.

J'avais envie qu'elle cesse de s'inquiéter, mais je ne savais pas quoi penser de tout ça non plus. Car, quoi que je me dise, l'un de nous deux allait devoir faire un gros changement pour qu'on puisse être ensemble. Je refusais d'y penser, car je n'étais pas prêt à prendre ma décision. J'avais envie que ce soit plus simple, et ça me donnait l'impression d'être lâche.

Quand un autre aigle glatit, je regardai la surface du lac, le repérant enfin, perché sur un arbre.

— Attends.

Je lâchai sa main et trottinai vers ma voiture. En revenant un instant plus tard, je lui tendis la paire de jumelles que je gardais dans ma boite à gants. L'aigle cria à nouveau et je le désignai du doigt.

Delilah leva les jumelles en le cherchant jusqu'à ce qu'elle s'immobilise.

— Oh, wouah. Je n'en avais jamais vu un comme ça dans la nature.

— Si tu veux voir beaucoup d'aigles, je t'emmènerai dans le centre de transfert de la ville, commentai-je.

Delilah regarda l'aigle prendre son envol, une silhouette sombre face au soleil couchant. Après ça, il disparut et elle baissa les jumelles pour me regarder.

— Le centre de transfert ? Pas ultra-romantique, Alex, lança-t-elle d'un ton moqueur.

Je ris alors qu'elle me rendait mes jumelles.

— Je n'ai pas dit que ce serait romantique, j'ai dit que tu y verrais beaucoup d'aigles. Allez.

J'attrapai sa main à nouveau.

— Remy et Rachel sont sans doute déjà là. Tu as déjà rencontré Rachel ?

On s'arrêta à ma voiture le temps que je remette les jumelles dans la boite à gants. Quand on se remit à marcher, Delilah me répondit :

— Une seule fois. Remy l'a amenée au bar un soir quand ils étaient de passage.

Je me rendais de plus en plus compte de l'ampleur des murs que Delilah avait construits autour de sa personne. Elle passait très peu de temps avec qui que ce soit, même ceux qu'elle considérait comme ses amis. Je me disais que je devais m'estimer heureux qu'elle m'invite dans son monde tout court.

Quelques minutes plus tard, Remy demandait :

— Combien de temps tu restes ?

— Je suis juste là jusqu'à la fin de la semaine. Il faut que je retourne à Stolen Hearts Valley pour le boulot et les cours, répondit Delilah.

— Tu pourrais faire tes cours de n'importe où, commentai-je, me surprenant moi-même.

Je sentis le regard acéré de Delilah croiser le mien un instant, mais je ne détournai pas le regard. Pour une raison que je ne comprenais pas, j'avais envie d'insister un peu plus. Je comprenais de mieux en mieux qu'il allait me falloir un sacré tour de magie pour réussir à gagner sa confiance. Je ne pouvais pas aller trop vite, mais, si je n'insistais jamais, elle ne me laisserait jamais l'approcher.

Quand elle détourna enfin le retard, Rachel commenta :

— C'est vrai. De ce que j'entends, Holly essaie de te convaincre de faire ton internat à l'hôpital. C'est une bonne option. Tu pourrais aussi le faire là où je travaille.

Delilah sembla confuse, mais la serveuse arriva à

notre table. Pendant que Remy se mit à commander, Rachel clarifia ce qu'elle voulait dire :

— Je suis assistante médicale. Je travaille pour le cabinet de médecine générale de Willow Brook. On a deux docteurs, une à temps plein et un à mi-temps, mais on a aussi des infirmières dans l'équipe. Si tu faisais ça ici, ma patronne, Charlie, serait ta superviseure. Elle est géniale.

Remy l'arrêta un instant :

— Je nous ai commandé un pichet de bière et deux entrées à partager. J'espère que ça vous va.

Il posa son bras sur les épaules de Rachel, affichant un confort évident dans leur relation.

— Qu'est-ce que tu disais sur Charlie ?

— Je disais à Delilah qu'elle pourrait envisager de faire son internat dans mon cabinet. Charlie est une super patronne, expliqua Rachel.

— C'est pas ma boss à moi, dit Remy avec un sourire lent, mais elle est super.

— Je ne suis pas encore sûre de ce que je vais faire, dit Delilah. Je veux dire, je vis en Caroline du Nord pour l'instant.

Remy sourit et fit danser ses sourcils.

— Tu devrais déménager ici. Je l'ai fait, et je suis super heureux. Shay me manque, et mes amis aussi, mais Willow Brook est vraiment un super endroit où vivre.

Je me fis une note mentale de remercier Remy la prochaine fois que je le verrais. Delilah restait vague et dit simplement :

— Il faudra que je voie où j'en suis à l'automne. Ce sera la fin de mon dernier semestre avant l'internat au printemps.

Notre bière et nos entrées arrivèrent. Remy posa

des questions à Delilah sur Stolen Hearts Valley. Rachel resta ma pom-pom girl attitrée pour Willow Brook tout au long du repas.

À un moment, Remy demanda :

— Comment vont tes parents ?

Les lèvres de Delilah se serrèrent en une ligne fine.

— Ça va, répondit-elle, sans donner plus d'informations.

Je ne savais pas pourquoi, mais je ressentis une grande tristesse en entendant ça. Non pas pour Delilah spécifiquement, mais à propos du fait que sa réaction par défaut était de ne rien partager et de se protéger. Son père était mourant, et elle n'allait pas en parler.

On partit un peu après dîner et, sur le chemin du retour, je ne pus m'empêcher de demander :

— Dis-moi une chose, est-ce que tu as des amis proches ?

Je sentis ses yeux se planter sur moi d'une force brûlante.

— Oui. Pourquoi tu me demandes ça ?

— Parce que, même aux gens que tu décris comme tes amis, tu ne parles pas de la maladie de ton père.

Je pouvais presque toucher la flamme qui s'empara de l'air.

— Je compte sur moi-même, et c'est tout. Je suis la seule personne sur laquelle j'ai toujours pu compter, dit-elle froidement.

Quand je lui jetai un regard, je vis qu'elle avait croisé les bras et qu'elle regardait par la fenêtre.

— Delilah, je ne voulais pas dire...

Elle me regarda, nos yeux ne se croisant que brièvement.

— Ne juge pas ma vie. Je ne me plains pas de ma vie, donc ne te mets pas à penser ce genre de chose. Je n'ai pas eu le même genre de famille que toi, donc c'est pas pareil pour moi.

— Delilah, je ne te juge pas. J'aimerais juste que tu puisses compter sur quelqu'un.

— Je compte sur moi-même.

Chapitre Vingt-Sept
DELILAH

Je vibrais de colère, traversée d'un besoin de me défendre. Bien sûr qu'Alex pensait que tout le monde devrait avoir le genre de vie qu'il avait, avec plein d'amis proches et tous au courant de tout ce qu'il y avait à savoir sur lui.

Je ravalai ma colère et restai silencieuse, regardant les montagnes pendant qu'il conduisait. J'adorais ses parents et sa sœur, et j'adorais cette petite ville. Je comprenais bien pourquoi Remy en était tombé amoureux quand il avait trouvé un job ici. Le mot splendide ne suffisait pas à décrire ce lieu. C'était à vous couper le souffle, et magnifique, et tout le monde était adorable. Peut-être que c'était parce que j'étais avec Alex, et que sa famille était clairement très populaire dans cette ville.

Les gens étaient juste simples d'accès. Cela dit, si une personne de plus essayait de me convaincre de faire mon internat ici, j'allais hurler.

Je ne savais pas pourquoi je me sentais si ancrée à Stolen Hearts Valley. Ce n'était pas comme si j'avais le même genre de réseau qu'Alex avait ici. Je savais que je pouvais prendre n'importe quelle décision à ce moment-là. Je *pouvais* choisir de déménager à Willow Brook, mais ça voulait dire donner mon cœur à Alex. Et je n'étais toujours pas sûre qu'il attache une importance aussi primaire que moi à notre relation. Il faisait partie de mon âme, et je ne savais pas si c'était réciproque.

Quand on arriva chez lui et entra dans la maison, je me sentais encore agitée. En suivant le mouvement d'Alex, j'accrochai mon manteau au porte-manteau. Alex avait commencé à traverser le salon, mais il se retourna et s'arrêta soudainement derrière le canapé.

Ses yeux cherchaient les miens.

— Je ne voulais pas te mettre en colère.

J'ouvris la bouche pour mentir et lui dire qu'il ne m'avait pas mise en colère, mais ce ne fut pas ce qui sortit.

— Je sais que ce n'est pas ce que tu voulais faire. Je suis habituée à m'occuper de moi toute seule. C'est tout.

Je me demandais si ma saute d'humeur avait gâché la soirée, mais ça n'avait pas d'importance. La chose la plus magique entre Alex et moi était notre alchimie infatigable. Il y avait une lampe allumée dans le coin. Alors que je soutenais ses yeux assombris, mon cœur se mit à battre fort et l'agitation en moi se transforma en une chaleur qui s'empara de mes veines.

S'il y avait bien une chose qui promettait de me faire tout oublier, c'était de me perdre en lui et de laisser les flammes avaler mes pensées. En m'avançant vers lui, je posai ma main à plat sur son torse. Je sentis son cœur sursauter à mon toucher.

— Est-ce qu'on est obligés de parler ? demandai-je en laissant ma main glisser sur son torse jusqu'à ses abdos musclés avant de prendre sa queue à travers son jean, et de remarquer qu'il était déjà tendu sous mon toucher.

— Delilah, commença-t-il, presque comme s'il allait essayer de continuer notre conversation.

— Ce n'était pas vraiment une question, Alex, murmurai-je en me mettant sur la pointe des pieds pour l'embrasser dans le cou.

Les yeux d'Alex s'assombrirent encore plus, et j'entendis son souffle bref quand je frottai mon corps sur son excitation.

— Qu'est-ce que tu fais ? souffla-t-il d'une voix grave et tendue.

— Je ne suis vraiment pas d'humeur à parler. Il ne nous reste que deux nuits ensemble avant que je ne reparte.

Comme si le désir me contrôlait, un besoin émotionnel puissant m'appelait sans cesse quand il s'agissait d'Alex. Mon cœur se tordit violemment après que j'eus annoncé cette évidence. Et pourtant, le temps que je passais avec Alex n'était que temporaire, tel un mirage.

Je me sentais presque frénétique. Je ne voulais pas penser au fait que j'allais partir. Je caressai sa longueur à nouveau. Après une inspiration saccadée, sa main s'enlaçait à la mienne et sa bouche trouvait la mienne. Une seconde passionnée plus tard, notre baiser était dévorant et le mélange de nos langues était sauvage.

Alors que le besoin s'emparait de moi, j'arrachai les boutons de sa braguette, lâchant un gémissement dans sa bouche quand je glissai la main dans son boxer et enroulai ma paume sur la peau de velours de son excitation.

Alex arracha ses lèvres aux miennes et leva la tête.

— Putain, Delilah.

Le canapé était juste derrière lui, alors je le poussai

un peu, et ses hanches se heurtèrent au meuble. Quand je le caressai à nouveau, il marmonna quelque chose que je ne pus comprendre avant de s'asseoir sur le dos du canapé.

Je baissai son jean et son boxer d'un grand mouvement pour avoir un meilleur accès. Je laissai mon regard descendre et passai mon pouce sur la goutte de liquide pré-séminal roulant sur son gland. En me baissant, j'enroulai ma langue autour de cette couronne épaisse.

Je l'entendis grogner et murmurer :

— Ma belle.

En ouvrant les lèvres, je suçai sa queue, me baissant lentement pour le prendre entièrement dans ma bouche. Le goût salé de son jus dansa sur ma langue tandis que je m'installais dans ma position. J'attrapai la base d'une main et passai ma langue sous sa queue, le suçant à chaque va-et-vient.

Alex marmonna quelque chose d'une voix dure. Sa main s'emmêla dans mes cheveux, et je me délectai de la brûlure sur mon crâne. Je sentis sa queue gonfler puis il gémit mon nom. Je levai la tête et passai ma langue sur son membre encore une fois.

— Delilah.

Ses yeux étaient sauvages et sombres.

— Mmmhm ?

Un autre coup de langue joueur sur le gland épais de sa queue.

— Je veux être en toi, dit-il directement.

Il était un peu autoritaire, mais ça ne me dérangeait pas du tout. C'était parfait pour ma libido. Je ne réfléchis même pas et me redressai lentement, avant de m'en rendre compte, il m'avait pliée en deux sur le canapé, mes mains s'enfonçant dans les coussins.

Je savourai la brûlure de sa main sur mes fesses

quand il me donna la fessée. Ses doigts jouèrent entre mes cuisses. J'étais trempée, le jus de mon excitation coulant sur mes jambes.

— Tu aimes ça, murmura-t-il en me mordant l'oreille.

Je me mordis la lèvre pour essayer de retenir un petit cri, mais je ne pus m'en empêcher. Alex s'occupait merveilleusement de moi quand il s'agissait de ça. Je me sentais vide, je mourais d'envie qu'il me remplisse, pour calmer le besoin qui régissait mon corps.

Sa paume glissa sur mes fesses, les serrant, et je sentis la caresse de ses doigts sur ma chatte gonflée.

— Alex, suppliai-je.

— Dis-moi ce dont tu as besoin.

Chapitre Vingt-Huit

ALEX

— Toi, j'ai besoin de toi, gémit Delilah.

Je ne pouvais pas jouer avec elle plus longtemps. J'étais déjà au bord de l'orgasme. Depuis qu'elle avait manqué de me faire exploser avec sa bouche cochonne, je m'accrochais autant que possible à mon contrôle.

J'attrapai ma queue dans mon poing, regardant sa chatte rose et brillante. Alors qu'elle était penchée en deux, et que ses fesses remontaient vers moi, le besoin se rassemblait à la base de ma colonne vertébrale, mes boules se serrant déjà d'anticipation. Je plongeai la main vers la poche arrière de mon jean pour attraper le préservatif que j'avais mis dans mon portefeuille plus tôt ce soir – car j'avais appris que je devais toujours être prêt quand j'étais avec elle.

Je l'enfilai et passai mon gland entre ses plis juteux. Elle se cambra plus profondément, levant les fesses.

— Alex.

Sa voix était frêle, secouée de désir.

Je la remplis d'un grand coup de reins, m'accrochant à ses hanches alors qu'elle hurlait. Je me forçai à rester immobile un instant, serrant les dents tandis que son canal vibrait sur ma queue. Elle ne m'autorisa pas à rester immobile longtemps, et elle se mit à reculer vers moi.

En reculant un peu, je plongeai à nouveau dans son centre, mon besoin féroce de la posséder brûlant mes veines. Elle était déjà au bord de la jouissance. Je sentais son corps se serrer sur moi. En enroulant ma main autour d'elle, je me mis à jouer avec son clitoris gonflé du bout des doigts.

Elle hurla de plaisir quand son orgasme lui fit crier mon nom entre deux gémissements brisés. J'entendis à peine ma propre explosion quand elle s'empara de moi.

Mon souffle était lourd pour se remettre de cette intensité, comme une marée qui repart lentement. Après une minute, je me repris et la soulevai dans mes bras.

Me réveiller à côté de Delilah était une chose à laquelle je pouvais m'habituer. C'était le dernier matin avant le jour de son départ, et je me réveillai avant elle. Les journées s'allongeaient déjà de façon visible en Alaska. Le soleil traversait les fenêtres de la chambre d'une lumière de printemps dorée et brillante.

Je me redressai sur un coude et regardai Delilah. Ses cheveux noirs étaient emmêlés sur l'oreiller. Elle était enroulée sur le côté, ses fesses collées contre ma bosse. Je me réveillais toujours avec la gaule à côté d'elle. Mon corps savait ce qu'il voulait.

J'adorais la regarder dormir, car les lignes de tension sur son visage se détendaient, et elle n'avait plus l'air aussi tendue. Ses joues étaient un peu roses, et ses mains étaient enroulées sous son menton. Mon cœur fit un saut dans ma poitrine. Je ne voulais pas être demain. Je ne voulais pas qu'elle parte.

On déjeuna au Firehouse Café.

— C'est mon endroit préféré à Willow Brook, avait annoncé Delilah.

Elle n'était arrivée que six jours plus tôt, et aujourd'hui, je réalisai à quel point j'étais à l'aise avec elle. D'un côté, j'avais l'impression qu'elle était là depuis toujours. D'un autre, j'avais l'impression de n'avoir eu qu'une fraction du temps que je voulais avec elle. Mes calculs internes du temps qui passe n'avaient pas d'importance, du tout, car elle partait demain.

Janet passa à notre table pour récupérer nos assiettes. Ses joues s'arrondissaient avec son sourire tandis qu'elle nous regardait tous les deux d'un œil pétillant.

— Alors Delilah, j'ai entendu dû dire que tu hésitais entre un internat aux urgences de l'hôpital ou à la clinique de médecine générale. Tu en es où ?

Delilah eut l'air prise de cours. Elle écarquilla les yeux en ouvrant la bouche avant de la refermer.

— Je n'en ai absolument aucune idée, dit-elle enfin.

Une tension traversa mon dos. Je savais qu'elle ne savait pas, mais j'avais *envie* qu'elle sache.

Quelques minutes plus tard, on monta dans ma voiture. Delilah resta silencieuse alors que je m'installais et quittais le parking dans la direction de la maison de mes parents, qui était sur le chemin de chez moi.

De nulle part, du moins pour moi, Delilah demanda :

— Tu dis aux gens que je reviens pour mon internat ?

Merde. Je n'avais pas besoin que Delilah stresse plus à ce sujet qu'elle ne le faisait déjà.

— Je n'ai rien dit à qui que ce soit. Je pense que tu

devrais en parler à Holly ou Rachel. C'est sans doute Holly.

Delilah resta silencieuse assez longtemps pour que je jette un œil vers elle. Elle regardait par la fenêtre, ces lignes de tensions familières autour de sa bouche étaient là, et ses épaules étaient tendues.

— Mais c'est un truc que tu considères ou pas du tout ? m'entendis-je demander.

Je ne le vis pas, car j'avais à nouveau posé mon regard sur la route, mais je sentis la tête de Delilah se tourner vers moi d'un mouvement vif.

— Je ne sais pas. Évidemment, puisque tout le monde m'en parle, j'y pense. Mais qu'est-ce qu'on fait, là, Alex ? Ça me parait fou de déménager à l'autre bout du pays. La seule raison pour laquelle je viendrais ici, ce serait toi.

Je la regardai, sentant presque les flammes dans ses yeux.

— Je déménagerais à l'autre bout du pays pour toi, moi.

Chapitre Vingt-Neuf
DELILAH

Mai

Je déménagerais à l'autre bout du pays pour toi, moi.

Cette phrase d'Alex tournait en boucle dans ma tête depuis des semaines. J'avais l'impression d'être un peu folle.

Je regardai mon père encore une fois, durant une longue minute. Il avait dormi tout du long de ma visite cette après-midi, et je me levai pour quitter sa chambre silencieusement. Ma mère était dans la cuisine à planter des graines dans ses pots de fleurs. Elle allait bientôt les accrocher aux fenêtres.

Elle leva la tête, ses yeux trouvèrent les miens quand je traversai la cuisine.

— Il dort toujours ?

Je hochai la tête.

— Oh, oui. Quand il est réveillé, comment ça va ?

Ma mère baissa les yeux alors qu'elle manipulait la terre doucement avec ses doigts.

— Il n'est éveillé qu'une heure par-ci par-là. Je crois

qu'il se sent surtout fatigué. Ils lui donnent assez d'antidouleurs pour qu'il n'ait pas mal du tout, donc je suis heureuse de ça déjà.

Elle me regarda à nouveau en se frottant les mains pour en secouer le terreau.

— Comment tu vas ?

— Ça va. Est-ce qu'on a des nouvelles de son docteur ou de l'hospice ?

— Rien de nouveau. Ils ne pensent pas qu'il va tenir plus que quelques mois. Ça n'a pas changé.

— Ce n'est pas ce qu'ils ont déjà dit quand ils l'ont diagnostiqué ?

Ma mère se leva et se dirigea vers l'évier pour se laver les mains en me répondant :

— C'est ce qu'ils disent. Les infirmières disent qu'elles ont vu des cas où quelqu'un avec un cancer aussi avancé s'accroche un moment avant de mourir.

Ma mère se tourna et se sécha les mains avec le torchon qu'elle remit ensuite sur le crochet.

Je pris une grande inspiration avant de souffler lentement.

— D'accord. J'aimerais juste qu'on en sache plus.

Ma mère pencha la tête.

— Tu veux savoir exactement quand il va nous quitter ? Ma chérie, on a rarement ce genre de garantie dans la vie. On sait qu'on meurt tous, mais c'est difficile de savoir exactement quand. Même avec quelqu'un d'aussi malade que ton père.

— Je sais, je sais, répondis-je, frottant mon poing contre ma poitrine sans trop y penser.

Il y avait une sensation de brûlure dans ma gorge et mon cœur.

— Depuis que tu es petite, tu as toujours eu envie d'avoir des garanties. À chaque fois qu'on déménageait, tu disais : « Dis-moi combien de temps on va rester ici. Exactement. »

Sa bouche se tordit en un sourire triste.

— Bien sûr, je comprends maintenant que c'est à cause de toutes ces incertitudes pendant ton enfance que tu as besoin de certitudes aujourd'hui. Mais, à l'époque, je ne comprenais pas aussi bien.

La sensation de brûlure s'intensifia. Je me tournai et avançai rapidement vers la fenêtre en croisant les bras sur ma poitrine.

— Peut-être, dis-je en essayant de garder un ton léger et sans promesses.

— Comment s'est passé ton voyage en Alaska ? Tu n'en as pas parlé depuis que tu es revenue.

La voix de ma mère se fit plus forte alors qu'elle traversait la pièce pour se tenir à côté de moi.

Je regardai la vue de Stolen Hearts Valley et le jardin de ma grand-mère. Le printemps était là. Je voyais les tiges vertes sous les bourgeons dans les lits de fleurs, et les jonquilles avaient déjà éclos sous l'un des arbres. Tout était vivant et vert. Ma mère était déjà bien occupée avec la serre et la compagnie de jardinage.

— Delilah ? insista ma mère. Chérie, ça va ?

En glissant les yeux sur le côté, je haussai les épaules.

— J'imagine. J'ai jamais été très proche de papa, mais je suis triste qu'il meure.

Le fait que je préfère parler de la mort de mon père plutôt que de répondre à la question polie de ma mère sur mon voyage en Alaska aurait dû me mettre la puce à l'oreille. Mais sa remarque sur mon désir d'avoir des certitudes et des garanties dans la vie se cognait à tout ce que je trouvais difficile entre Alex et moi.

Ma mère passa son bras sur mes épaules et me serra doucement.

— Je sais, chérie.

Je sentis mon téléphone vibrer dans ma poche, un son qui me sortit de ce moment. En le sortant, je regardai l'écran et vis un rappel de mon calendrier me disant que je travaillais au bar ce soir.

— Il faut que j'y aille, maman.

Son bras glissa de mon épaule et elle m'accompagna jusqu'à ma voiture. Je baissai la fenêtre de la voiture après avoir démarré.

— Si ça change pour papa, tu m'appelles, hein ?

— Bien sûr. La prochaine fois que tu viendras, tu me raconteras ton voyage en Alaska.

———

Trois semaines plus tard

— Voilà, dis-je rapidement en faisant glisser une bouteille de bière sur le bar d'une main.

Je me retournais déjà pour prendre une autre commande avant d'entendre :

— Merci ma belle. Je peux avoir ton numéro ?

— Certainement pas, répondis-je en faisant un doigt d'honneur au gars.

Heureusement, je bossais dans un bar où les managers étaient parfaitement pour qu'on soit aussi directs que nécessaire avec les clients malpolis ou inappropriés. Gérer régulièrement ce genre de commentaires faisait simplement partie du quotidien d'une barmaid et d'une femme. La plupart du temps, je ne calculais même pas. Ce soir, j'étais plus sèche que d'habitude, ma patience était à bout. Peut-être parce que, la semaine dernière, j'avais dit à Alex que nous devrions arrêter de faire semblant que notre histoire irait quelque part un jour. J'avais brisé mon propre cœur.

Il avait essayé de me contredire et ne faisait que de m'appeler depuis. J'avais fini par mettre son numéro en silencieux parce que ça faisait trop mal de devoir ignorer ses appels tous les jours. Le mode silencieux était une invention bien pratique de la technologie moderne. Ce n'était pas aussi violent que de le bloquer, mais ça me permettait de l'ignorer pour l'instant.

Je me sentais malade depuis. Je n'aimais pas penser que j'étais du genre à jouer à des jeux sentimentaux, mais je ne pouvais m'empêcher de me demander si, quelque part, *c'était* ce que je faisais. Car ça me faisait mal qu'il n'ait pas essayé plus fort de me contredire. Ses appels se faisaient de moins en moins nombreux, et je détestais ça, ce qui était ridicule. Je me sentais honteuse de penser de cette façon.

Je continuai de servir des verres et je m'accrochai pour survivre à cette soirée. Des tonnes de pourboires tombaient ce soir. Il y avait un mariage dans le vignoble, ce qui voulait dire qu'on recevait beaucoup plus de clients au bar que d'habitude, et des clients avec de l'argent à brûler. Après la fermeture, je nettoyai le bar quand Jade Cole commenta :

— Meuf, t'es de mauvais poil. Qu'est-ce qui t'arrive ? Et je te dis ça avec amour parce que je sais que je suis moi-même de mauvais poil, la plupart du temps.

Je plongeai mon torchon dans la solution à la javel et continuai de nettoyer le bar de mouvements rapides et efficaces. Jade était une amie et faisait des services au bar dès qu'on avait besoin d'un coup de main.

En levant les yeux, je croisai son regard.

— Mon emploi du temps est fou. Je suis trop

occupée pour ne pas perdre la tête, entre le boulot et les cours.

Bon, d'accord, *c'était* vrai. Mais j'évitais la vérité qui se cachait derrière ma mauvaise humeur.

Jade resta silencieuse un instant avant de demander :

— Comment ça va avec Alex ?

À la minute où je levai la tête rapidement, je sus que j'avais dévoilé mon jeu. Les yeux de Jade prirent un éclat nouveau.

— Je l'ai rencontré un soir quand vous êtes passés au bar. Et rappelle-toi que je t'ai remplacée quand tu es allée en Alaska.

Je terminai de nettoyer le bar et jetai le torchon dans le panier à linge qui se trouvait sous le bar pour le nettoyage du soir. Je m'appuyai contre un tabouret de bar et mis mon visage dans mes mains. Mon soupir traversa l'ouverture de mes doigts.

Je refusais d'être une lâche, donc je levai la tête pour croiser son regard.

— J'ai cassé. Ça n'avait aucun sens comme histoire. Pas alors qu'il vit là-bas et moi ici. Tu comprends ?

Jade me regarda un long moment en réfléchissant tandis qu'elle se rinçait les mains dans l'évier de l'autre côté du bar.

— Je ne sais pas. Alex avait l'air d'être un gars bien. Tu ne parles pas souvent de ta famille, mais c'est ça qui te retient ici ? Quelle raison as-tu de ne pas aller en Alaska ?

Chapitre Trente
ALEX

Je jetai presque mon téléphone contre le mur. Rex Masters me regarda assis de l'autre côté de son bureau à la station de police de Willow Brook.

— Problèmes de femme ? demanda-t-il avec un sourire amusé.

Je m'adossai à ma chaise, là où j'étais assis dans son bureau et passai une main dans mes cheveux.

— Pourquoi ne répond-elle pas à mes appels ? demandai-je.

Rex me lança un regard compatissant et ça m'énerva.

— Bien entendu, je ne peux pas te donner de réponse là-dessus. La seule chose que je peux te dire, c'est qu'elle ne t'a pas bloqué.

J'étais passé à la station de police pour demander à Rex s'il y avait une façon de savoir si quelqu'un a bloqué votre numéro. Il m'avait rendu service et avait vérifié pour moi, pour m'apprendre que Delilah ne m'avait pas bloqué. Ce qui voulait dire qu'elle prenait le temps d'ignorer tous mes appels et messages.

— Je sais, Rex.

À ce moment-là, quelqu'un frappa à la porte de son bureau et Rex dit :

— Entrez !

Le fils de Rex, qui était aussi un ami à moi, Cade Masters, entra dans la pièce. Rex était le chef de la police à Willow Brook et Cade était le surintendant de l'une des équipes de pompiers forestiers basées à Willow Brook.

— Oh, dit Cade en haussant les sourcils quand il me vit. Désolé, je ne voulais pas vous interrompre.

— Salut, pas de soucis, dis-je en me levant de ma chaise.

— Alex a des soucis avec une nana, lança Rex.

Ce qui n'était pas nécessaire, me dis-je.

Cade divisa son regard entre nous deux et resta silencieux même si sa lèvre trembla un peu. Je regardai à nouveau son père.

— Je venais juste voir si tu veux que je te dépose au garage ce soir, pour récupérer ta voiture.

— Ce serait parfait, dit Rex. À quelle heure tu pars ?

Cade regarda sa montre.

— Dans cinq minutes. Ça le fait ?

— Je vais m'organiser.

Alors que je me tournais pour partir, Rex m'appela :

— Alex ?

— Ouais ?

Je me retournai dans l'entrée pour le regarder.

— Bats-toi pour elle si elle compte tant que ça.

— Je vais essayer.

Cade me suivit dans le couloir. Il resta silencieux jusqu'à ce qu'on arrive sur le parking.

— J'essaie de trouver une raison pour laquelle mon père te donne des conseils sur ta vie romantique.

Je trouvai son regard et levai les yeux.

— Je suis débile, c'est tout. Je suis venu lui demander s'il pouvait voir si mon numéro était bloqué ou non. Et il ne l'est pas.

Cade commença à répondre quand une voiture entra sur le parking, un pickup avec le logo Kick A** Construction. Il sourit quand sa femme Amelia se gara et sortit du véhicule rapidement. Elle se dirigea directement vers nous, non loin des portes de la caserne. Amelia était grande avec des jambes interminables, et complètement folle de son mari. Cade prouva à quel point il était à sa merci quand il courut vers elle pour les derniers mètres qui les séparaient encore afin de l'embrasser.

Les joues d'Amelia étaient roses quand elle se recula avec un rire un instant plus tard.

— Je venais juste voir si tu voulais que je t'emmène chercher la voiture de ton père, dit-elle en regardant brièvement dans ma direction avec un petit sourire.

— C'est marrant que tu parles de ça, lançai-je. Je crois que vous allez devoir vous battre pour savoir qui a le droit d'emmener Rex. Je proposerais bien d'aider, mais je crois que ce n'est pas utile à ce stade.

Amelia gloussa.

— Qu'est-ce que tu fais là ?

— Il demande des conseils à mon père sur sa vie romantique, dit Cade d'un ton neutre.

Amelia eut l'air complètement confuse.

— Ignore-le, dis-je.

— Delilah va revenir ? demanda Amelia.

Avant que je ne puisse répondre, Beck Steele sortit par la porte arrière de la caserne. Super, vraiment super. Beck ne manquait jamais une occasion de faire une vanne. Dès qu'il nous vit, il s'approcha.

— Hey ! Quoi de beau ?

Amelia regarda Beck.

— Apparemment, Alex demande à Rex de lui donner des conseils en amour.

Beck écarquilla les yeux de façon comique tandis que son regard passait d'Amelia à moi.

— Hein ?

— Oh bordel, marmonnai-je. Ce n'est pas ce qu'il s'est passé.

— Tu n'as pas répondu à ma question, en revanche. Est-ce que Delilah va revenir ? répéta Amelia.

— Je ne sais pas, dis-je avec un soupir. J'aimerais te dire oui, mais je ne pense pas. Elle ne rend pas les choses faciles. Et elle ne veut pas me parler pour l'instant.

Beck accrocha son pouce à la poche de son jean et me lança un long regard.

— Mec, si tu as besoin de conseils sur ta relation amoureuse avec une femme qui ne te rend pas les choses faciles, c'est à moi qu'il faut demander. Maisie m'aime, dit-il en faisant référence à sa femme, Maisie, qui semblait en effet l'aimer profondément.

Maisie n'avait vraiment pas rendu les choses faciles à Beck quand ils avaient commencé à se voir.

— Oui, mais Maisie est à Willow Brook, ce qui est un avantage. Delilah est en Caroline du Nord. C'est bien plus dur quand il y a des milliers de kilomètres qui vous séparent.

J'étais sur les nerfs.

Beck me regarda silencieusement et je haussai les épaules, tendu. Même si Beck adorait rigoler, il était étrangement observateur, parfois.

— Mec, si elle comptait autant que ça pour toi, je dirais : va en Caroline du Nord.

Je réfléchissais aux options qu'il me restait pour prendre contact avec Delilah. Parce que même si elle m'ignorait, je sentais que ça avait plus à voir avec une tactique d'autoprotection qu'avec quoi que ce soit d'autre.

À court d'options, j'appelai Remy. Il répondit à la seconde sonnerie.

— Quoi de neuf ?

— Salut Remy, c'est Alex. J'ai besoin d'un coup de main.

— Tout ce que tu veux. De quoi tu as besoin ?

— Est-ce qu'il y aurait moyen que tu transmettes un message à Delilah pour moi ?

Quelques jours plus tard, après que Remy m'eut assuré qu'il contacterait des amis à Stolen Hearts Valley pour trouver un moyen de passer un message à Delilah, j'étais à l'aéroport, en train de travailler sur un moteur d'avion.

Il y avait quelque chose d'étrange avec celui-là, et je le démontais lentement. Lorsque je soulevai le capot de protection sous lequel se trouvait la batterie, il y eut une explosion. Je sortis rapidement du compartiment où je me trouvais et vis qu'un petit avion venait d'atterrir. Son moteur était en feu.

J'entendis des cris et je me mis à courir à travers le parking, vers la piste. J'entendais d'autres bruits de pas au loin. Quand j'arrivai au niveau de l'avion, je vis le pilote étalé sur le volant. Fred était un vieil ami et il volait en Alaska depuis de très nombreuses années. Il s'était évanoui. Il y avait deux passagers à l'arrière qui étaient déjà en train de sortir. Je leur dis de se dépêcher tout en tirant sur la portière côté pilote, pour libérer Fred. La dernière chose dont je me souvenais était le son d'une autre explosion alors que je le soulevais dans mes bras.

Chapitre Trente-Et-Un
ALEX

3 h du matin, Alaska

Tandis que j'essayais d'ouvrir les yeux, mes pensées étaient floues. Je fixai un plafond blanc. En tournant la tête vers le côté, je vis un rideau bleu à côté de mon lit. Le simple fait de bouger la tête faisait incroyablement mal.

— C'est quoi ce bordel ? marmonnai-je pour moi-même.

En essayant d'observer ce qui m'entourait, je conclus que j'étais dans un lit d'hôpital et ma tête me faisait terriblement mal. Quand je commençai à me redresser, je découvris que j'étais trop faible et m'effondrai sur mon oreiller.

J'essayai de me souvenir de ce qu'il s'était passé. Ça prit un moment, mais je me souvins du moteur de l'avion de Fred qui avait explosé pendant qu'il atterrissait, et que j'avais couru vers lui pour aider. La dernière chose dont je me souvenais, c'était de l'avoir sorti de l'avion pendant que ses passagers sautaient au sol. Ma mémoire était complètement sombre après ça.

Encore une fois, j'essayai de me redresser. Quand j'eus du mal à respirer, je retombai sur mon oreiller.

— Merde.

En regardant autour de moi, je ne pouvais pas savoir si j'étais seul ou non. Il y avait une fenêtre à côté de mon lit et il faisait sombre. Je voyais que j'étais à Willow Brook, car je voyais les lumières du centre-ville juste en dehors de l'hôpital. Je regardai tout autour de mon lit, remarquant que j'avais une perfusion dans un bras.

Mes yeux se posèrent enfin sur ce que je supposais être le bouton d'appel pour les infirmiers. J'appuyai sur le bouton pour qu'on vienne m'aider.

Un instant plus tard, j'entendis la porte s'ouvrir et des pas s'approcher avant que quelqu'un ne tire sur le rideau.

— Bonsoir bonsoir, comment ça va, Alex ? demanda l'infirmier.

— Qu'est-ce qu'il se passe ?

Je reconnus l'infirmier immédiatement. Chris Grant était l'un des meilleurs amis de Holly à l'hôpital.

— Comment est-ce que j'ai la chance de me retrouver avec toi ?

Chris sourit.

— On a quelqu'un en vacances cette semaine, donc je fais des remplacements de nuit. Tu te souviens de ce qu'il s'est passé ?

Il s'avança vers le moniteur à côté de mon lit pour vérifier deux ou trois choses.

— La dernière chose dont je me souviens, c'est d'avoir sorti Fred de l'avion. Les passagers sautaient sur le tarmac et avaient l'air d'aller bien. Je ne me souviens de rien d'autre. Tu peux me dire ce que j'ai raté ? Déjà, est-ce que Fred va bien ?

Chris tira une chaise et s'assit à côté de mon lit.

— Pas de soucis. Fred va bien. Il dort dans le lit d'à côté. Vous vous êtes tous les deux fait assommer quand l'un des moteurs de l'avion a explosé. Heureusement, les passagers vont bien. Ils vous ont rapidement éloignés de l'avion. On suppose que tu as dû perdre un peu d'audition, mais un spécialiste viendra faire quelques tests plus tard.

J'avais l'impression d'entendre parfaitement, mais l'une de mes oreilles sifflait un peu.

— Pourquoi est-ce que je suis encore là ?

Chris haussa les sourcils.

— T'en poses des questions, toi. Tu viens de te réveiller. Tu as une petite commotion cérébrale. Tu étais complètement dans les vapes. Et il semblerait que Fred ait inhalé beaucoup de fumée dans l'explosion et l'un de ses poumons s'est replié. Il est possible que toi aussi, mais c'est bien moins grave, car tu sembles respirer bien mieux. On t'a donné de l'oxygène pendant un moment, puis ta respiration s'est améliorée. Tu as quelques coupures au niveau du dos, car l'explosion vous a jetés sur le béton. Tu vas sûrement avoir mal partout, mais, à part ça, tu vas bien. Tu as sauvé la vie de Fred. S'il était resté coincé à l'avant de l'avion au moment de la seconde explosion, ça aurait été bien pire. L'avant de l'avion a pris feu presque immédiatement, car il y avait déjà une fuite de fioul après la première explosion.

Je fixai Chris du regard, en essayant d'absorber ce qu'il venait de se passer.

— Bordel. Je n'arrive pas à croire que je ne me souviens pas de ça.

— Eh bien, tu t'es fait assommer. Tu ne peux pas te

souvenir de quelque chose si tu n'étais pas conscient, dit-il platement.

Je levai les yeux au ciel.

— C'est pas étonnant que j'aie du mal à m'asseoir. Mon dos me fait mal, et j'ai eu le souffle coupé en deux secondes.

Chris se leva de sa chaise, tendant immédiatement le bras vers la table à roulettes à côté de mon lit. Il posa une pince sur mon pouce.

— Je veux vérifier tes niveaux d'oxygène. On va peut-être avoir besoin de t'en donner plus.

Après une minute, il secoua la tête.

— Non, tes niveaux sont bons. Je pense que tu ressens les bleus et la fatigue de l'explosion.

— Fred est toujours sous oxygène ?

— Oui, mais ça va aller. Il est plus vieux que toi, et il a été assommé quand l'avion a atterri. Il a quelques côtes contusionnées après un choc à l'atterrissage. Il est sous de gros antidouleurs.

— J'ai pas le droit aux drogues moi ? lançai-je sur un ton joueur.

Chris pencha la tête sur le côté.

— À beaucoup plus petite dose. T'es plus jeune. Tu peux supporter plus de choses. Mais si tu as mal, préviens-moi.

Je pris une inspiration, écoutant mon corps en silence.

— Je sens qu'il y a eu un choc, mais ça va. Ma famille est venue me voir ?

Chris soupira.

— Tu rigoles ? Bien sûr ! Holly voulait s'occuper de toi elle-même quand l'ambulance t'a amené avec Fred. Il a fallu que je l'arrache physiquement. Tout le monde dort et prend des cafés dans la salle d'attente, là.

— C'est qui tout le monde ?

— Ta mère, ton père, Holly et Nate. Tu veux les voir ?

— J'aimerais bien. Ça va réveiller Fred ?

— Je vais t'emmener en fauteuil roulant, dit Chris sur un ton de secret.

Avec son aide, je montai dans le fauteuil roulant et il y accrocha ma perfusion avant de m'emmener dans le couloir. Les seuls bruits qu'il y avait à cette heure-ci étaient les bips et les chants des machines.

Quand mon fauteuil roulant tourna vers la salle d'attente, ma poitrine se serra. Holly s'était endormie, les genoux repliés contre son ventre et sa tête sur l'épaule de Nate. Il était réveillé. Il leva les yeux du magazine posé sur ses genoux et son visage s'illumina d'un sourire immédiatement.

Mes deux parents dormaient, et je posai un doigt sur mes lèvres. Nate secoua doucement l'épaule de Holly. Elle se réveilla tout de suite, le regardant avant de faire le tour de la pièce et que ses yeux se posent sur moi.

— Alex !

Elle sauta de sa chaise et Nate la suivit à travers la pièce.

— Ne crie pas trop fort. Je ne veux pas réveiller maman et papa, dis-je en chuchotant quand elle arriva à mon niveau.

— Réveillons-les, dit-elle. Ils veulent juste te voir. Après ça, ils rentreront chez eux et iront se coucher.

La voix de Holly traversa la pièce et ma mère leva la tête. Un instant plus tard, ils étaient tous autour de mon fauteuil roulant.

— Comment tu te sens ? demanda Holly. Est-ce que Chris a vérifié tous tes niveaux ?

Il se tenait juste derrière mon fauteuil et j'imaginais sans problème qu'il levait les yeux au ciel.

— Bien sûr. Tout est en ordre. Il se sent un peu faiblard, mais il va bien.

— Et son niveau d'oxygène ? insista Holly.

— Dans les normes, répondit Chris patiemment.

Ma mère s'agenouilla à côté de mon fauteuil, ses mains s'enroulant autour des miennes.

— Comment tu te sens ? Tu nous as fait très peur.

— Je vais bien. Quelques bleus, mais je crois que je vais m'en tirer. Je crois qu'ils vont me faire un test d'audition demain matin.

— Comment vont tes oreilles tout de suite ? demanda Holly en se penchant vers moi, son visage étudiant le mien comme si elle pouvait me diagnostiquer d'elle-même tout de suite.

— Tu parles très fort, donc je t'entends très bien. Je ne suis pas sûr. Ma tête tourne encore un peu.

Holly se redressa, enroula ses mains autour de sa taille fermement. Quand je regardai mon père, je trouvai une inquiétude immuable dans ses yeux.

— Je vais bien, papa.

Il me tapota l'épaule.

— Je sais. Tu nous as fait très peur.

— Fred va bien aussi. Apparemment, il a plus d'antidouleurs que moi, plaisantai-je pour apaiser la tension de ce moment.

— Évidemment, dit Holly. Il est vieux. Il faut qu'il soit à l'aise.

— Tu ne veux pas que je sois à l'aise ? contrai-je en regardant Holly.

— Si, mais pas trop.

Une larme coula sur sa joue et elle l'essuya. Nate passa son bras sur ses épaules.

— Ça va. Il va bien.

— Je sais, renifla Holly. Mais ça m'a fait peur.

Ma mère serra à nouveau ma main avant de se redresser et de poser ses lèvres sur ma tempe.

— Et si vous rentriez pour aller dormir dans un lit ? Je ne sais même pas quelle heure il est, dis-je en faisant le tour de la pièce avant de trouver l'horloge accrochée au centre du mur. Merde, il est 3 h du mat'. Rentrez chez vous.

Nate gloussa.

— Maintenant qu'on t'a vu, on va rentrer.

— Je prends mon service à midi, je viendrai te voir à ce moment-là, dit Holly. Tu as intérêt d'être réveillé.

Chris rit par-dessus mon épaule.

— S'il dort, tu le laisses se reposer.

Après que ma famille fut partie, Chris me ramena dans ma chambre et m'aida à remonter dans mon lit. Je détestais avoir besoin d'aide, mais j'étais fatigué et j'avais vraiment mal partout.

Je restai allongé dans mon lit à me demander comment je pouvais contacter Delilah. Juste avant que Chris ne quitte la pièce, je lui demandai :

— Tu sais où mon téléphone a atterri, par hasard ?

— Aucune idée. J'irai voir dans tes affaires. Si tu l'avais sur toi, il est sans doute dans le même sac que tes vêtements. Sinon, je demanderai à Holly. Elle le trouvera.

Chapitre Trente-Deux
DELILAH

Fin d'après-midi en Caroline du Nord, le lendemain

Alex me manquait. Terriblement.

Je me retrouvai à passer mon poing sur mon cœur s'en vraiment y penser comme si j'étais capable d'atténuer la douleur que je ressentais. Cette douleur qui était entièrement de ma faute. C'était moi qui avais décidé de ne pas répondre à ses appels, même s'il avait complètement arrêté d'essayer. À ce stade, c'était ma fierté qui me poussait à ne pas l'appeler. Ma fierté et la peur que je ne recevrais pas de marée de texto en désactivant le mode silencieux. J'avais triché en regardant presque tous les jours s'il m'avait écrit dans tous les cas.

J'étais arrivée en avance pour mon service au bar. C'était une après-midi calme. On servait le déjeuner, mais il y avait toujours un temps creux dans l'après-midi, vers l'heure du dîner. Aujourd'hui, il y avait quelques clients qui buvaient des bières et jouaient aux cartes, et quelques jeunes d'une fac non loin qui jouaient au billard. Ils étaient même plutôt calmes. J'acceptais tous les petits miracles.

Griffin leva la tête alors que je m'avançais vers le bar en sortant du couloir de service.

— Salut. Je ne pensais pas te voir aujourd'hui. T'as eu Shay au téléphone ?

Sa question me perturba.

— Je suis pas censée bosser aujourd'hui ? demandai-je en me focalisant sur le problème principal.

Je traversai rapidement le bar et cliquai sur l'écran tactile de la tablette installée pour servir de caisse. En parcourant le logiciel d'emploi du temps, je dis :

— Tu vois, je suis là.

— Je sais bien. J'ai déjà appelé Jade pour lui demander de venir. Shay est venue voir si tu étais là, elle te cherche. Ton copain a eu un accident.

J'étais de plus en plus confuse, mon cerveau ne digérait pas vraiment ce que Griffin disait. Mais même si mon cerveau ne comprenait pas, mon corps semblait tout savoir. Une inquiétude me serra la poitrine et mon estomac se remplit de peur.

— De quoi tu parles ?

— D'Alex. Il a eu un accident. Je crois que Remy a appelé Shay parce qu'il n'avait pas ton numéro, et Shay est venue ici en espérant te trouver. Je me suis dit que tu voudrais sans doute ta soirée. Jade arrive bientôt, donc ne t'inquiète pas.

J'avais l'impression que mon cerveau était plein de bruit blanc, je m'entendis de loin demander d'une voix molle :

— Qu'est-ce qu'il s'est passé ? C'est pas mon copain. Où est Shay ?

Mes questions sortaient en rafales et une panique

commença à naitre en moi. J'avais la tête qui tournait, et ma gorge était si serrée que j'avais du mal à respirer alors que mon cœur battait la chamade.

La voix de Griffin brisa mon brouillard.

— Hey, doucement Delilah. Assieds-toi.

Je sentis une chaise pousser l'arrière de mes genoux et mes hanches s'affaissèrent d'un bruit sourd.

— Je vais appeler Shay tout de suite.

Une minute plus tard, Griffin avait un petit sac en papier devant ma bouche. Je le regardai d'un œil vide, sans comprendre ce qu'il faisait.

— Tu fais une crise de panique. Et tu respires trop vite. J'ai besoin que tu tiennes ce sac devant ta bouche et que tu prennes quelques grandes respirations, dit Griffin fermement et calmement.

Comme je ne bougeais pas, il posa le sac sur ma bouche à ma place, et j'enroulai enfin ma main autour. Quelques minutes plus tard, je réussis à mettre assez d'air dans mes poumons pour que ma tête cesse de tourner si vite.

— Shay revient. J'ai réussi à l'avoir avant qu'elle s'engage sur l'autoroute. Elle vient te chercher, expliqua Griffin quand je posai le sac en papier sur mes genoux.

— Est-ce qu'Alex va bien ?

Griffin hocha la tête tandis que je le fixais du regard. Il était plutôt beau garçon, mais il n'y avait pas d'étincelles entre nous, ce qui était particulièrement pratique, car c'était un bon ami, et que je ne voulais pas tout gâcher.

— Shay dit qu'il va s'en tirer. Ça avait à voir avec une explosion. Je suis désolé, je n'ai pas les détails.

Je plongeai la main dans ma poche pour trouver mon téléphone, mais il n'y était pas.

— Tu peux m'apporter mon sac ?

Sans un mot, Griffin se tourna et passa la porte du couloir de service. Un instant plus tard, il revint et me tendit mon téléphone.

— Je me suis permis de le sortir de ton sac. J'espère que ça ne te dérange pas.

Je marmonnai un merci en allumant l'écran. Je vis les appels manqués de Shay puis réactivai les notifications pour le numéro d'Alex. Je regardai la flopée de messages apparaitre.

— Tu avais bloqué son numéro ? demanda Griffin.

Quand je levai les yeux, je réalisai que je pleurais seulement quand il me tendit une serviette en papier.

— Je vais prendre ça pour un oui, dit-il.

Je me mouchai et essuyai mes larmes avec la serviette roulée en boule.

— Je ne l'ai pas bloqué, mais j'ai coupé les notifications pour son numéro. Je suis une idiote.

— Ça, je le sais déjà, répondit Griffin platement. Non, tu n'es pas une idiote Delilah. Tu es très intelligente. Mais tu n'es vraiment pas fan des sentiments du genre espoir et amour et ce genre de choses.

À ce moment-là, j'entendis la voix de Shay qui passait la porte d'entrée.

— Te voilà ! Viens, dit-elle en me faisant signe de la suivre.

Je me levai de la chaise, remarquant à peine que Griffin était parti vers le couloir de service à nouveau.

— Où on va ? demandai-je, car je n'en avais vraiment aucune idée.

— À l'aéroport, dit Shay comme si j'aurais dû le savoir.

Griffin revint pour me tendre mon sac et mon manteau.

— Vas-y.
— Je vais à l'aéroport ?
Shay hocha fermement la tête.
— Oui. Holly t'a pris un billet. Elle pense qu'Alex voudra te voir quand il se réveillera.

Chapitre Trente-Trois
DELILAH

Je devais admettre que Shay maitrisait la route de montagne entre Stolen Hearts Valley et l'aéroport, gardant le contrôle du véhicule malgré la vitesse à laquelle nous allions. Je n'y avais pas beaucoup réfléchi, je l'avais simplement suivie vers sa voiture. J'avais appris que Shay était capable d'être très autoritaire cette dernière heure. Elle avait insisté pour qu'on passe chez moi, que je prenne quelques affaires. Elle m'avait aussi dit que c'était stupide que je prenne ma voiture, sauf si je voulais payer le parking à l'aéroport. Je n'y tenais pas, donc je suivis son conseil.

Je n'avais rien de plus qu'un sac avec des vêtements et des affaires de toilette jetées en vrac dedans.

— Comment est-ce que tu t'es retrouvée à parler à Holly ? demandai-je enfin.

— Parce que Remy m'a appelée. Il m'a dit qu'il allait lui donner mon numéro. Je l'ai rencontrée quand on est allés rendre visite à Remy et Rachel. Holly t'a pris un billet et m'a dit qu'il t'attendait au comptoir d'embarquement. Elle m'a envoyé le mail de confirmation, donc je te l'enverrai quand je ne serai plus au volant, expliqua-t-elle.

Shay dut sentir mes yeux écarquillés qui la fixaient, car elle jeta un œil vers moi en mettant son clignotant pour annoncer qu'on quittait l'autoroute.

— Quoi ? demanda-t-elle, d'un ton léger.

Comme si nous ne parlions pas du fait que la sœur du gars que j'avais essayé de larguer m'avait acheté un billet d'avion pour l'Alaska. Et que j'étais tellement inquiète de ce qu'il s'était passé que j'avais sauté dans la voiture et que j'étais partie.

— Comment ça, quoi ? contrai-je.

Shay regarda à nouveau la route et je vis la courbe d'un sourire sur sa joue.

— Holly semble penser que toi et Alex comptez beaucoup l'un pour l'autre. Connaissant Holly, je sais qu'elle t'aime bien, et je sais qu'elle pense qu'Alex veut que tu sois là.

— Comment ça ? demandai-je rapidement.

— Je veux dire que Holly est le genre de sœur ultra-protectrice. Et qu'elle ne t'aurait en aucun cas pris ce billet d'avion si elle ne pensait pas qu'Alex voulait te voir et qu'elle ne te trouvait pas chouette.

Shay m'avait déjà rassurée sur l'état d'Alex quand on avait quitté le bar, mais je me trouvai à lui demander une nouvelle fois :

— Tu es sûre qu'il va s'en sortir ?

Je me sentais malade et anxieuse au point d'en trembler depuis qu'elle était venue me récupérer au bar.

— Tiens.

Elle leva son téléphone du tableau de bord.

— Il n'y a pas de mot de passe. Le numéro de Holly est mon dernier appel. Appelle-la.

En tenant le téléphone, je résistai à l'envie de le

jeter comme s'il était en feu. J'avais envie d'appeler Holly, mais j'avais peur, peur de *tant* de choses.

— De quoi as-tu peur ?

La voix de Shay prononçait mes questions internes.

Je posai le téléphone, me penchant en avant et prenant mon visage dans mes mains. Je pris une grande inspiration, la relâchai, sentant l'air passer entre mes doigts. Je levai enfin la tête.

— Je ne sais pas. Je n'ai même pas parlé à Alex depuis quelques semaines. J'ai mis fin à notre relation parce que je pensais...

Je m'arrêtai soudainement, secouant la tête.

— Je ne sais pas ce que je pensais.

Shay garda le regard fixé sur la route.

— Tu sais, Delilah, tu as toujours été intensément indépendante. Je t'enviais là-dessus à une époque.

— Vraiment ?

J'étais réellement surprise, parce que j'avais du mal à imaginer qu'il y ait quoi que ce soit à envier chez moi.

— Oui, vraiment. Tu oublies que j'étais dans une relation horrible avant de m'en tirer. Je pensais que si j'avais été plus comme toi, ou comme Jade – vous me faites penser l'une à l'autre –, je ne me serais jamais retrouvée dans cette relation.

Shay parlait d'une relation abusive dans laquelle elle s'était retrouvée coincée pendant des années à la fac et après. Nous étions tous au courant, car ça avait fait tous les journaux quand son ex avait été arrêté pour violences, puis pour conduite en état d'ivresse où il avait tué deux autres automobilistes.

— Tu es vraiment forte, si tu veux mon avis. Plus forte que moi. Tu as traversé tout ça, et regarde où tu en es maintenant, avec plein de choses super, dis-je.

Elle me lança un bref regard avant de remettre les yeux sur la route.

— Tout va bien maintenant, mais ce n'était pas facile d'en arriver là. Toutes les vies sont différentes, surtout dans les détails. Mais je vais te dire une chose, Alex a vraiment l'air d'être un gars génial. Les gens que je connais et à qui je fais confiance n'en disent que du bien. Je vous ai vus tous les deux ensemble. Il est clair qu'il te plait. Il n'y a pas de récompense sans risque. Je sais que c'est cliché, mais parfois les clichés sont des clichés parce qu'ils sont vrais.

―――――

J'attendais à l'aéroport que mon vol soit appelé. Je ne pouvais pas m'empêcher de m'inquiéter pour Alex et de regarder mon téléphone. Je ne savais même pas s'il avait reçu mon SMS.

Je ris toute seule. J'avais dit à Shay que je ne savais pas ce que je ressentais. Dans ma panique, j'avais écrit à Alex.

Tu me manques. Je suis désolée de ne pas t'avoir rappelé.
Je suis en chemin, je viens en Alaska. Je serai là bientôt.
Tu as plutôt intérêt d'aller bien.

Je regardai le numéro de Holly sur mon écran de téléphone. Sous le regard sévère de Shay, je l'avais enregistré dans mon téléphone quand elle m'avait déposée à l'aéroport, alors qu'elle me faisait remarquer qu'il allait falloir que Holly me dise comment aller à l'hôpital, voire qu'elle vienne me chercher.

Admettant qu'il ne me restait que quinze minutes avant mon embarquement, je pris une profonde inspiration et cliquai sur le numéro de Holly. Ça ne sonna qu'une fois.

— Delilah ! Dis-moi que tu es à l'aéroport, demanda Holly.

— Je suis à l'aéroport. Est-ce qu'Alex va bien ?

— J'ai dit à Shay de te dire qu'il allait bien. Bon, d'accord, il n'est pas en super forme, mais il va s'en sortir sans soucis. Un de mes meilleurs amis est son infirmier de nuit, et m'a assuré que ses stats étaient bonnes.

— Qu'est-ce qu'il s'est passé ?

— On n'est pas complètement certains. Alex était à l'aéroport en train de faire de la maintenance sur un avion. Un autre avion s'est approché pour un atterrissage et il y a eu une explosion sur l'un des moteurs quand l'avion a atterri. Alex était en train de sortir le pilote du cockpit, il avait sans doute été assommé pendant l'atterrissage, et il y a eu une seconde explosion. Ils pensent que c'était un défaut sur le réservoir de gaz. On ne sait pas ce qu'il s'est passé pour l'instant. On ne saura que quand l'enquête officielle sera terminée.

— Donc qu'est-ce qui est arrivé à Alex ?

— Il a sauvé la vie de Fred. Fred est un pilote, il est là depuis toujours. Fred était déjà évanoui et Alex a été assommé par la seconde explosion. Les passagers avaient réussi à sortir et les ont trainés, lui et Fred, pour les éloigner de l'incendie.

— Il est blessé comment ?

Mon estomac tournait et tournait.

— Il a une petite commotion cérébrale et il a un acouphène sur une oreille. Il a des coupures dans le dos qu'il s'est faites en tombant sur le béton. Il va avoir de sacrés bleus, mais ça va aller. Ils l'ont gardé une nuit en observation parce qu'il était évanoui quand il est arrivé. Il avait aussi du mal à respirer au début. Je pense qu'il avait un poumon un peu enfoncé.

Elle s'arrêta un instant puis dit :

— Delilah ? Tu es toujours là ?

Je n'avais pas remarqué qu'une larme coulait sur ma joue jusqu'à ce qu'elle arrive sur ma bouche. Je l'essuyai, reniflant, et répondis :

— Oui, je suis là.

— Je suis contente que tu sois à l'aéroport. J'ai essayé de te trouver un meilleur itinéraire, mais il n'y avait pas beaucoup d'options à la dernière minute. Tu ne seras là que demain soir parce que tu as un changement à Houston puis un à Seattle demain. Je me suis assurée que tu aies un coupon pour l'hôtel à Houston ce soir si tu en as besoin. Je me suis dit que tu le voudrais peut-être, tu as sept heures entre tes avions. Il y a un hôtel juste à côté de l'aéroport.

— Ça ira. Enfin, non, c'est génial. Tu n'avais pas à faire tout ça, dis-je rapidement. On dirait qu'il n'y a pas beaucoup de directs entre ici et l'Alaska.

— Je dirais que non, en effet, ça va plus vite d'aller en Europe depuis la côte est que d'aller en Alaska, dit Holly avec un petit rire.

— Je sais. Je suis simplement contente de savoir que je serai bientôt là.

— Peut-être que j'ai dépassé une limite, mais je...

Je l'interrompis.

— Non. Je veux le voir. Mais je ne suis pas certaine qu'il aura envie de me voir aussi.

— Oh, si, dit Holly fermement. Je sais que tu l'as quitté.

J'étais contente que Holly ne puisse pas voir mon visage, car j'étais tellement gênée.

— Holly... commençai-je.

Cette fois, elle me coupa la parole.

— Je comprends. C'est juste que je vois bien que tu

comptes beaucoup pour lui, donc j'ai décidé de forcer un peu le destin.

— C'est toi, le destin ? demandai-je entre deux reniflements.

Holly rit.

— Peut-être, peut-être pas. Je me suis dit que je vous donnerais un petit coup de pouce. C'est à toi et Alex de faire le reste.

Chapitre Trente-Quatre
ALEX

Le lendemain – Alaska

— Holly.

Je grognai presque, n'essayant même pas de cacher ma colère dans ma voix.

— Quoi ?

Sa voix était toute douce et innocente. Je n'étais pas dupe. Ma sœur jumelle était tout sauf innocente et douce. Elle préparait quelque chose, mais je ne savais pas quoi. J'étais trop fatigué pour poser des questions.

— Je suis chez moi, et j'aimerais un peu d'intimité. S'il te plait.

— Laisse-moi simplement venir te voir, m'assurer que tout va bien, insista-t-elle.

J'entendis Nate dire quelque chose dans le fond. J'aurais pu jurer l'entendre dire :

— Pourquoi est-ce que tu ne lui dis pas ?

— De quoi parle Nate ?

Holly me raccrocha au nez.

— De quoi ? marmonnai-je juste pour moi.

Ils m'avaient laissé m'échapper de l'hôpital hier, en fin d'après-midi. Après une série de tests, j'eus le droit de rentrer chez moi. On m'avait prévenu que j'allais avoir le souffle un peu court pendant quelques jours, mais Charlie m'avait dit que tout allait bien. J'étais censé aller la voir au cabinet à la fin de la semaine. Entre ma mère qui avait passé la journée d'hier à s'occuper de moi, en plus de Holly, j'étais à bout. J'avais simplement envie de me détendre, ce qui n'était pas facile. Mon dos me faisait mal à cause des coupures que je m'étais faites en tombant sur le béton.

Je jetai mon téléphone sur la table basse et je cherchai la télécommande. Après quelques minutes, je choisis simplement quelque chose à mettre en fond, car je ne trouvais rien que j'avais envie de regarder. Je jetai à nouveau un œil à mon téléphone et j'ouvris le message de Delilah. Je lui avais déjà répondu quand j'avais récupéré mon téléphone, mais je n'avais pu faire ça que ce matin. Je l'avais laissé à l'aéroport et personne ne savait où il était. Nate m'y avait emmené et je l'avais trouvé dans mon sac à outils, bien rangé comme toujours quand je travaillais.

Pour l'instant, je n'avais pas reçu de nouvelle réponse de la part de Delilah. Je ne savais pas ce qu'elle entendait par le fait de venir en Alaska. Je supposais qu'elle préparait une visite et qu'elle me tiendrait au courant.

Je me levai et me dirigeai vers la cuisine, ignorant la douleur dans mon dos. J'ouvris le frigo et me souvins à ce moment-là que je n'avais pas encore fait de courses cette semaine. Je sortis une bouteille de bière et les deux dernières parts de la pizza que j'avais achetée deux jours plus tôt.

J'étais assis sur le canapé à finir une part de pizza quand quelqu'un frappa à la porte.

— Entre ! criai-je en me disant que c'était Holly, peut-être accompagnée de Nate.

La porte s'ouvrit doucement, presque avec hésitation, ce qui n'était vraiment pas du genre de Holly. Elle était plutôt du style à entrer en grande pompe.

— Alex ?

Je me levai rapidement et ma respiration siffla entre mes dents quand la peau de mon dos se tendit.

— Delilah ?

Je traversai la pièce tandis qu'elle passait la porte. Mon cœur accéléra comme un tambour dans ma poitrine, et mon souffle se coinça dans mon poumon un instant.

Elle entra et ferma la porte derrière elle.

— Holly ne vient pas, elle m'a juste déposée.

Les yeux de Delilah étudièrent mon visage.

Je réduisis la distance entre nous de quelques grands pas et la pris dans mes bras de façon presque brutale. Delilah n'hésita pas un seul instant, s'avançant et enroulant ses bras autour de ma taille en faisant attention lorsqu'elle nicha sa tête dans le creux de mon cou.

— Je suis tellement contente que tu ailles bien.

Sa voix était étouffée par mon t-shirt.

J'avais un bras dans son dos et l'autre à l'arrière de sa tête. J'essayai de reprendre mon souffle, mais ça ne marchait pas très bien.

Delilah recula.

— Ça va ?

Elle leva les yeux pour me regarder, ces derniers remplis de larmes.

— Holly a dit que tu aurais du mal à respirer pendant quelques jours.

Alors que mon cœur battait la chamade, je fermai les yeux et me forçai à prendre une grande inspiration lente.

Delilah posa sa paume sur mon torse, sur mon cœur, l'entourant légèrement. Quand j'ouvris les yeux à nouveau, son regard inquiet traversa mon visage.

— Il faut que tu t'asseyes.

J'ouvris la bouche pour la contredire, puis je décidai que ça ne me dérangeait pas que Delilah soit là pour s'occuper de moi et s'inquiéter pour moi. Pas du tout. Le soulagement de l'avoir ici était si énorme que je ne pouvais pas mettre de mots dessus. Mon corps entier me paraissait au complet.

Ses mains me caressèrent tandis qu'elle me poussait vers le canapé.

— Ton dos, ça va comment ? Tu as besoin d'un coussin ? Je ne sais pas comment t'installer sans te faire mal au dos.

Elle leva les yeux vers moi, les sourcils froncés.

— Ça va, lui promis-je. J'ai mal, mais c'est juste quelques coupures.

Elle insista pour installer des coussins tout autour de moi, puis elle regarda la table basse avec la bouteille de bière à moitié vide, la boite à pizza et des serviettes en papier utilisées.

— Tu veux que je fasse un peu de ménage ?

Elle ne me laissa même pas le temps de répondre, attrapa la boite à pizza et me demanda si j'avais besoin d'une autre bière. Quand je ris et lui fis remarquer qu'il me restait encore la moitié de la mienne, elle plissa les lèvres.

— Attends. Est-ce que t'as le droit de boire de la bière ?

Ma nana était stressée, ses doigts couraient le long

de ses coudes alors qu'elle enroulait ses bras autour de sa taille. Je lui tendis la main et lui fis signe de venir vers moi. Après un temps d'hésitation, elle s'avança vers moi. Sa paume était moite, me donnant un indice de plus sur son niveau de stress.

— Viens là.

Alors que je tirais un peu sur son bras, Delilah acquiesça, s'assit lentement en passant sa main libre sur sa cuisse.

— Je suis désolée, lâcha-t-elle. J'ai paniqué. Je t'aime.

Oh waouh, on allait sauter directement dans le vif du sujet. La joie explosa dans ma poitrine.

— Dieu merci, dis-je en la regardant dans les yeux, alors qu'elle était au bord des larmes. Parce que je t'aime aussi. On va trouver une solution. La géographie n'a pas d'importance.

Delilah se mordit la lèvre, l'inquiétude évidente dans ses yeux tandis qu'elle me fixait du regard.

— Tu n'es pas obligé de dire ça juste parce que je l'ai dit, dit-elle enfin.

— Je ne l'ai pas dit parce que tu l'as dit. Je l'ai dit parce que je le pense.

J'écartai ses cheveux de son visage, laissant mon pouce passer sur sa joue avant de prendre son visage dans ma main. Je tirai légèrement sur sa main, pour essayer de la faire monter sur mes genoux.

Delilah plissa les yeux.

— Tu es blessé.

— Pas vraiment, murmurai-je en réussissant à la prendre sur mes genoux.

Elle atterrit de travers, le souffle coupé.

— Alex !

— Juste là, ma belle.

Je pris son cou dans ma main et l'attirai près de moi.

Elle se détendit contre moi alors que je passais mes lèvres sur les siennes. Elle murmura quelque chose, ses mots se perdirent dans notre baiser. Je jouai avec sa langue avant de me reculer.

— Qu'est-ce que tu as dit ?

— Tu es blessé, répéta-t-elle.

— Pas tant que ça. Ils ne m'auraient pas laissé quitter l'hôpital si je n'allais pas bien. Holly aurait tué quelqu'un à mains nues s'ils avaient fait ça, dis-je avec un rire.

Le regard de Delilah s'adoucit, ses lèvres s'étirant en un sourire lent.

— Je n'en doute pas.

Tandis qu'on se fixait du regard, je sentis l'air autour de nous se mettre à vibrer, chantant d'une note électrique qui était toujours là quand j'étais près de Delilah. Ma queue gonfla et Delilah écarquilla les yeux.

— Je n'ai pas vraiment envie de parler, là, dis-je d'une voix rauque.

Delilah ouvrit la bouche, sans doute pour me contredire, mais je ne la laissai pas faire. Je la tirai vers moi et dévorai sa bouche d'un baiser.

Aucune des douleurs ou des coupures que je sentais n'avaient d'importance. Même si elle essaya de m'arrêter une fois ou deux, elle se laissa aller quand je lui dis que la seule chose dont j'avais besoin, c'était elle.

Je ne me souvenais pas du moment où nos vêtements avaient disparu. Je me souvenais *très bien* du fait que Delilah m'avait chevauché sur le canapé, plongeant lentement sur moi tandis qu'elle me circluait de sa chatte lisse. Je la sentis vibrer sur moi, son corps entier se mit à trembler juste avant qu'elle hurle mon nom en jouissant sur ma queue.

Mon explosion me traversa comme un éclair de plaisir, brûlant et vif. Delilah tomba sur moi, enfouissant sa tête contre mon épaule. Je la tins, parce que c'était la seule chose dont j'avais envie. Que Delilah soit dans mes bras. Exactement là où elle était censée être.

Chapitre Trente-Cinq

DELILAH

— Comment vas-tu ? demanda Janet.

Elle avait une main sur sa hanche et tenait un pot de café de l'autre.

Alex fit une petite grimace en s'adossant à sa chaise. Mon cœur grimaça en réponse. J'avais vu les coupures en question dans son dos la nuit dernière et ce matin encore. Oui, techniquement ce n'était que des égratignures, des plaies superficielles, mais elles étaient horribles. Holly m'avait raconté que son t-shirt s'était déchiré, sans doute pendant l'explosion quand il avait été jeté sur le béton. Un t-shirt en coton ne protège pas de grand-chose.

Alex sourit.

— Ça va. Et toi ?

Janet leva les yeux au ciel et me regarda.

— Est-ce qu'il va vraiment bien ?

En regardant à nouveau Janet puis Alex, je soupirai.

— Je crois que ça dépend de la définition.

Alex sourit à nouveau.

— Je vais bien, insista-t-il. Ce dont j'ai besoin, c'est

de l'une de tes omelettes pour bien commencer ma journée.

Janet sourit, libérant sa main de sa hanche pour lui serrer l'épaule doucement.

— Ça vient. Quoi comme omelette ?

— Ce qui t'inspire. Mais je veux du bacon.

— Ça marche. Merci d'avoir tiré Fred de cet avion. Tu sais que je tiens beaucoup à lui. On tient tous beaucoup à lui.

Alex haussa les épaules, de façon nonchalante.

— J'ai fait ce qu'il aurait fait pour moi, et je suis content qu'il aille bien. On va aller le voir à l'hôpital après le petit déj'.

— Holly m'a dit qu'il semble avoir perdu l'audition dans une oreille. Et toi, alors ? demanda Janet.

— Je crois que mon audition va se remettre. Je n'ai presque plus d'acouphène. L'ORL m'a dit que ça prendrait peut-être quelques jours, mais que tout devrait se remettre normalement.

— Et tes poumons ? continua Janet.

— Je respire.

Janet leva les yeux au ciel et quelqu'un l'appela depuis le comptoir. Elle me regarda.

— Tu veux quelque chose pour le petit déjeuner ?

— Je vais prendre un bagel avec ton saumon et fromage à tartiner.

— Je vous apporte tout ça très vite.

Janet partit rapidement.

En me regardant depuis l'autre côté de la table, je dis à Alex :

— Promets-moi d'être honnête sur ta respiration.

Alex plissa les yeux.

— Je te le promets. Tu restes combien de temps ? demanda-t-il, changeant rapidement de sujet.

— Holly m'a pris un retour ouvert, ce qui est très gentil de sa part. Je lui ai promis de la rembourser. Je peux choisir ma date de retour. Heureusement, je me suis souvenue de prendre mon ordinateur, donc je peux suivre mes cours pendant que je suis là. Il faut que j'appelle le boulot pour voir combien de temps ils peuvent tenir sans moi. J'aimerais rester au moins deux semaines.

Les yeux chocolat d'Alex sondèrent les miens.

— Tu peux rester aussi longtemps que tu veux. Je sais que tu vas avoir besoin de rentrer chez toi, mais peut-être qu'à un moment pendant que tu es là, on peut parler de nos options.

— Oui, j'aimerais beaucoup qu'on fasse ça, dis-je.

Je me sentais encore un peu anxieuse, je n'étais pas certaine de comment me lancer dans cette possibilité positive dans mon monde. Contre toute attente, j'étais certaine qu'Alex et moi allions trouver une solution.

Étrangement, j'y croyais vraiment. Même s'il fallait que je me rappelle ce fait régulièrement, je restai les deux semaines et profitai de chaque minute. J'accompagnai même Alex à son deuxième rendez-vous de suivi avec Charlie, quelques jours avant mon retour prévu à Stolen Hearts Valley.

En regardant son petit bureau, je m'assis sur une chaise à côté d'Alex. C'était comme dans tous les cabinets de médecine, les murs étaient peints de couleurs neutres et pastel avec des tableaux à l'aquarelle accrochés au mur, entre deux posters informatifs sur la santé.

— Je crois que tu vas bien aimer Charlie, commenta Alex à côté de moi.

— Tout ce que je veux savoir, c'est si tes poumons sont entièrement remis.

— Mon audition l'est certainement.

Alex me lança un sourire amusé.

— Je t'ai bien entendu ce matin.

Mes joues chauffèrent. J'avais peut-être été un peu bruyante ce matin.

— C'est entièrement de ta faute, marmonnai-je en lui donnant un petit coup de coude. Et fais attention à ce que tu dis. On est chez le médecin.

Alex me lança un regard incrédule avant de secouer la tête.

— On est tout seuls. Charlie n'est même pas encore là.

— Ouais, mais elle...

La porte s'ouvrit et une femme entra.

Charlie était splendide. Elle avait des cheveux noirs remontés en queue de cheval et des mèches roses et violettes visibles sur le côté. Elle était habillée comme un docteur, avec une blouse blanche. Son regard gris chaleureux passa entre Alex et moi avec un sourire étirant les coins de ses lèvres.

— Bonjour bonjour, dit-elle en hochant rapidement la tête.

Apparemment, cette ville ne faisait pas beaucoup de ronds de jambe sur le titre de docteur.

— Ravie de vous rencontrer, dis-je en me levant et en lui tendant la main. Je suis Delilah.

— Charlie Franklin, répondit-elle avec une poignée de main ferme. Ravie de te rencontrer. On peut se tutoyer. Je n'ai entendu que du bien de toi.

— Tu as entendu parler de moi ? lâchai-je en me rasseyant rapidement, claquant mes mains sur mes genoux.

— Oh, oui. Rachel est mon assistante médicale. Elle m'a dit qu'elle pensait que tu devrais être mon interne l'année prochaine.

Le ton de Charlie était léger et détendu, mais son commentaire me stressa soudainement. Je voulais trouver des solutions pour qu'Alex et moi puissions être ensemble à temps plein, mais à chaque fois que je m'approchai de cette décision, j'avais l'impression d'être au bord d'un gouffre. Mes habitudes de n'avoir besoin de personne et de m'occuper de moi-même étaient si profondément ancrées en moi que c'était difficile de les dépasser.

Quand Charlie me regarda en se tournant pour faire rouler un tabouret accroché à un ordinateur portable, je souris simplement et dis :

— Oh, tu es la docteure qui travaille avec Rachel.

Charlie hocha la tête et tapa quelques lettres sur le clavier.

— Prends tout le temps qu'il te faut pour décider, mais on aura en effet besoin d'une interne dans l'équipe d'infirmiers l'année prochaine. Donc c'est une vraie option si tu es intéressée. Mais ce n'est pas pour ça que vous êtes là aujourd'hui.

Son regard passa à Alex.

Il sembla soudainement mal à l'aise, remuant les épaules. J'avais découvert que c'était un homme caricatural quand il s'agissait de sa santé. Je détestais les stéréotypes, mais parfois ils étaient vrais. Alex détestait se sentir faible et il détestait aller chez le docteur. Même après m'avoir dit qu'il aimait bien son médecin.

— Les plaies dans le dos, ça avance comment la cicatrisation ? demanda Charlie.

Alex se leva pour retirer son t-shirt. Charlie leva la main.

— Je n'ai pas besoin de les voir. Elles avaient l'air en bonne voie de rémission la semaine dernière. Sauf si tu veux que je vérifie ?

Alex baissa les bras puis haussa les épaules.

— Non, je ne pense pas qu'il y ait besoin. Ça gratte de ouf, je suppose que c'est un bon signe. Non ?

— Oui, tout à fait. Ça veut dire que ça guérit. J'ai besoin que tu t'asseyes ici, dit-elle en désignant la table d'examen. Je veux écouter tes poumons.

Le papier se froissa quand Alex installa ses fesses sur la table. En levant les yeux, je vis une certaine peur et vulnérabilité passer dans ses yeux et mon cœur se serra.

Charlie tapota sur le clavier puis se positionna à côté de lui, debout face à la table d'examen. Elle posa le stéthoscope dans son dos, lui demandant plusieurs fois de prendre une grande inspiration lorsqu'elle vérifiait les deux côtés. Après qu'elle eut retiré le stéthoscope de ses oreilles, elle sourit.

— Tes poumons sont en super forme, donc tout va bien. Tu n'as pas besoin de revenir me voir. Je suppose que tu es déjà allé voir l'ORL ?

— Ah, oui. Celle-ci est encore un peu endommagée, expliqua-t-il en tirant sur son oreille gauche. Mais elle a dit que ça devrait se remettre parce que j'entends des sons à tous les volumes. Les explosions font du bruit, au cas où on ne le savait pas déjà.

Charlie rit en se tournant vers l'ordinateur à nouveau, entrant plusieurs informations dans le dossier.

— Avant que tu partes, prends rendez-vous pour ton prochain check-up. Je ne vois pas de rendez-vous pour toi dans le calendrier.

Alex eut l'air un peu honteux, donc je pris la parole.

— Je m'assurerai qu'il le fasse.

— Vous allez pas toutes vous liguer contre moi, dit-il quand Charlie me lança un regard entendu.

— Je ne me ligue pas contre toi. Il faut que tu fasses ton examen annuel.

Alors que l'on partait, Charlie lança :

— Réfléchis à cet internat, Delilah.

En me retournant dans le couloir, je hochai la tête.

— Oui. Je vais y penser, vraiment.

Chapitre Trente-Six
ALEX

Automne

— Qu'est-ce que vous avez décidé, Delilah et toi ? demanda ma sœur en serrant les lèvres et en me fixant de son regard insistant.

C'était ce que Holly appelait prendre son air de dure à cuire.

— On a décidé de ne pas prendre de décision avant la mort du père de Delilah.

Je n'ajoutai pas que l'incertitude sur les dates était difficile pour moi. J'étais impatient qu'elle soit là et je me sentais un peu coupable d'être impatient. Je comprenais parfaitement que Delilah ait envie d'attendre puisque le cancer de son père était en stade terminal, mais elle me manquait. On avait trouvé un rythme où on se voyait un mois sur deux et on s'appelait beaucoup entre-deux, et on s'écrivait tous les jours, bien sûr.

Ça ne changeait pas le fait qu'elle me manquait au point où j'en avais mal au cœur, parfois.

— Il en est où ? demanda Holly, son ton s'adoucissant.

Je levai les mains et les laissai retomber.

— On n'est pas certains. Il a été diagnostiqué l'hiver dernier, avant qu'elle aille à Diamond Creek. À l'époque, ils lui ont donné entre quatre et six mois à vivre. Mais, clairement, il a dépassé ce pronostic.

— C'est quoi comme cancer ? Je sais que tu m'as dit, mais j'ai oublié.

— Cancer du côlon.

Holly tordit les lèvres.

— Ça craint. J'imagine que c'est dur pour elle, d'attendre ça, et elle veut sans doute qu'il vive aussi longtemps que possible. C'est vraiment un moment difficile pour une famille.

Sachant que Delilah était incroyablement privée, je n'avais pas partagé les détails de son enfance difficile avec qui que ce soit. Je me disais que c'était à elle de le partager ou non. Elle semblait s'être réconciliée avec sa mère, donc je me disais que c'était au moins une bonne chose. Elle m'avait également raconté qu'elle avait eu quelques conversations avec son père qui avaient aidé. Apparemment, il passait la plupart de son temps à dormir maintenant.

— Vous avez parlé de quel type de solution vous pensez envisager ou pas du tout ? demanda Holly avec des mots prudents, ce qui était rare pour elle, au point où je manquai de rire.

Nous prenions un café au Firehouse Café. Je regardai Nate. Ses lèvres s'étirèrent en un sourire et je savais qu'il avait aussi remarqué la prudence de sa femme. Il connaissait Holly aussi bien que moi, sans doute mieux, maintenant.

— Je crois qu'elle va venir ici, mais je ne veux pas la

pousser à promettre quoi que ce soit, pas tout de suite. Ce serait pas réglo.

— Attends simplement, ajouta Nate. C'est déjà assez difficile d'être dans une relation longue distance. Ajoute à cela un parent malade et mourant, et des milliers de kilomètres entre vous, tu n'as pas envie d'ajouter une pression.

— Exactement, répondis-je avant de terminer mon café.

Sur les semaines suivantes, je remarquai que mes contacts avec Delilah se faisaient moins fréquents. Ça m'inquiétait. Elle était déjà assez occupée quand il n'y avait pas de complications dans sa vie.

Un soir, tard, je reçus un SMS de Shay.

Appelle-moi.

C'était bizarre. Shay avait été indispensable pour aider Delilah à venir en Alaska après mon accident, mais ce n'était pas comme si nous étions souvent en contact.

Je l'appelai immédiatement.

— Qu'est-ce qu'il se passe ? demandai-je au moment où elle répondit.

— Salut ! Tu as enregistré mon numéro, Alex. Je suis flattée, lança-t-elle d'un ton amusé.

— Tu m'as écrit, répondis-je.

— Oui.

Shay s'arrêta un instant pour s'éclaircir la gorge.

— Le père de Delilah est mort aujourd'hui. Je l'ai vu à la station-service et elle n'a pas l'air en forme. Je ne savais pas si elle t'avait appelé pour te le dire.

Je lâchai un gros mot silencieux.

Comme si Shay pouvait lire dans mes pensées, elle dit doucement :

— Tu sais que Delilah est très privée, Alex. Elle n'a pas l'habitude de pouvoir compter sur les gens.

— Je sais. Je vais venir. Je vais prendre le premier vol que je trouve. Ne lui dis pas.

— Tu as besoin que je vienne te chercher à l'aéroport ? demanda Shay rapidement.

— Non, c'est gentil. Je vais louer une voiture.

Chapitre Trente-Sept
DELILAH

Je me sentais bizarre. C'était le seul mot à mettre sur mes émotions après la mort de mon père. Faire le deuil de quelqu'un qui est encore en vie en sachant qu'ils va mourir bientôt est épuisant.

Mon état émotionnel était morose, et j'étais fatiguée et aigrie en plus de tout ça. Je me sentais aussi coupable de ne pas avoir encore appelé Alex. Mon père n'était mort que la nuit dernière. J'avais passé la nuit avec ma mère et ça ne m'avait pas semblé être un moment que je pouvais interrompre pour l'appeler.

Nous étions maintenant l'après-midi suivante, et j'étais aux pompes funèbres pour aider à organiser l'enterrement. Je m'étais préparée psychologiquement. J'avais besoin de l'appeler pour lui dire ce qui s'était passé.

— Vous savez si votre mère veut un cercueil ? Ou est-ce que vous prévoyez une crémation ? demanda le directeur funéraire d'un ton apaisant.

Cet homme avait l'allure parfaite pour son boulot. Il était calme et dégageait une certaine douceur. J'imaginais que je pourrais lui dire n'importe quoi et qu'il hocherait simplement la tête en me souriant gentiment.

Le problème était que je ne savais pas ce que ma mère voulait. Même si ma mère et moi parlions plus souvent que d'habitude ces temps-ci, elle ne m'avait pas du tout parlé de l'organisation de l'enterrement. Quand je lui avais posé la question plus tôt, elle avait dit qu'elle ne savait pas. Apparemment, il n'y avait rien de prévu.

— Vous pouvez me dire ce que vous conseillez à une famille qui n'a rien prévu ?

Mon gentil directeur funéraire ne perdit pas une seconde.

— La plus grosse décision, c'est de savoir si vous voulez un enterrement ou une incinération. Si vous n'avez pas de préférence, je recommande souvent une incinération. Ne serait-ce que parce que ça coûte moins cher. Il est possible d'installer les cendres dans un lieu permanent pour que vous puissiez leur rendre visite de la même façon que si vous aviez choisi un enterrement dans un cercueil.

— D'accord, faisons comme ça.

En deux temps, trois mouvements, j'étais dans son bureau à signer des papiers et à poser des tas de questions à ma mère par SMS, tandis qu'elle me répondait en direct.

Je savais que le deuil rendait les gens étranges, mais cette situation était énervante. J'avais mal à la tête et j'attendais que le directeur funéraire revienne dans son bureau avec des options d'urnes pour que je choisisse. Un bruit dans l'entrée attira mon attention. Alex se tenait là. Ses yeux passèrent sur moi et il s'avança directement vers moi.

Je sautai de ma chaise et me jetai presque dans ses bras, fondant en larmes à la seconde où je me retrouvai en sécurité dans ses bras. J'entendis le grondement de sa voix quand je pressai ma joue contre son torse et le serrai fort. Sa main caressa mon dos d'un geste réconfortant. J'eus un hoquet et levai enfin la tête, reniflant quand je vis ses yeux bruns inquiets.

— Je suis un peu dans tous mes états. Je voulais t'appeler et...

Je levai la main, faisant un mouvement dans l'air.

— Tu n'as pas besoin de te justifier. Ton père est mort. Shay m'a écrit tard la nuit dernière, donc j'ai sauté dans le premier avion. Il n'y a pas de règles sur ce genre de chose quand quelqu'un meurt. C'était important que tu sois là pour ta mère, pas que tu m'appelles.

Un soulagement s'empara de moi, une vague si profonde que mes genoux tremblèrent. À ce moment-là, le directeur funéraire revint avec une grande boite dans les mains. Il avait prouvé que rien ne pouvait le déstabiliser, et, égal à lui-même, il nous regarda d'un œil calme.

— Est-ce que vous voulez que je vous laisse un instant ?

— Si vous voulez bien, répondis-je.

Il hocha la tête et se retourna, fermant la porte derrière lui. Le ridicule de ces retrouvailles avec mon copain dans le bureau des pompes funèbres me frappa, et je me mis à glousser. Ce gloussement se transforma en un rire et, avant que je ne puisse reprendre mon souffle, je pleurais. Alex s'éloigna et attrapa la boite de mouchoir intelligemment installée sur le coin du bureau. J'imaginais facilement qu'il y avait des mouchoirs partout dans ce bâtiment.

— Ça va ?

Alors que je sentais le grondement grave de sa voix vibrer dans mon corps, je réussis enfin à prendre une profonde inspiration. Le froid et la pression dans ma poitrine que je transportais depuis ce qui me paraissait être des semaines alors que mon père disparaissait petit à petit s'atténuèrent un petit peu.

— Oui. Tu n'avais pas à...

Le regard d'Alex m'arrêta.

— Je n'étais pas obligé. J'avais envie d'être là. Comment est-ce que je peux t'aider ?

Comme je m'étais apparemment transformée en fontaine, les larmes recommencèrent.

Chapitre Trente-Huit
ALEX

— Tu es sûr ? demanda Delilah.

Je la regardai. Nous étions chez elle, assis sur le canapé. Nous nous étions occupés de deux ou trois autres choses, puis nous avions commandé une pizza après avoir quitté les pompes funèbres. Les jambes de Delilah étaient posées sur mes genoux tandis qu'elle était adossée à un coin du canapé. Elle avait l'air fatiguée, ses yeux étaient un peu rouges après avoir autant pleuré et ses sourcils semblaient froncés pour toujours, du moins aujourd'hui.

— Bien sûr que je suis sûr. Je ne suis pas venu jusqu'ici pour faire demi-tour et repartir. Je reste aussi longtemps que tu veux.

— Aussi longtemps que je veux ? Eh bien, dans ce cas... commença-t-elle avec un sourire. C'était un sourire fatigué, mais ça faisait quand même plaisir de l'entendre plaisanter.

Je serrai doucement l'un de ses pieds. Il était chaud au travers du coton de ses chaussettes. Elle soupira en penchant sa tête en arrière.

— Ça fait du bien.

Je commençai à lui masser les pieds, alternant d'un pied à l'autre. Après qu'on fut arrivés chez elle ce soir, on avait allumé la télé pour mettre une émission de décoration intérieure et de jardinage en fond. Ça semblait être son ASMR préféré.

Elle resta silencieuse quelques minutes puis me regarda, trouvant immédiatement mon regard.

— J'ai réfléchi.

Après ce départ chargé, elle s'arrêta.

— À quoi ? demandai-je.

— À nous.

Une impatience me traversa. On disait qu'on allait parler de notre avenir après la mort de son père. Je ne m'attendais pas à ce qu'elle veuille parler de ça immédiatement après.

Je pris une inspiration et je hochai la tête.

— Et ?

— Je vais déménager en Alaska.

— Delilah, tu n'as pas à...

Elle secoua rapidement la tête.

— Je sais que je ne suis pas obligée de décider tout de suite si c'est ce que tu allais dire. C'est ce que je veux faire. J'en ai même parlé à ma mère. Elle va rester ici, mais elle viendra me voir plusieurs fois par an. Elle serait la seule chose à me retenir ici, et j'ai envie de me tourner vers l'avenir, pas le passé.

Mon cœur battait si fort que mon souffle se coinça dans ma gorge. Après quelques secondes, je réussis à lâcher un souffle et je la tirai plus près de moi.

— Tu es sûre que c'est ce que tu veux ?

— Tout à fait.

— C'est quoi l'avenir pour toi ?

— Je n'ai pas tous les détails, mais je sais qu'on sera tous les deux au même endroit.

— Tu sais que je peux venir ici, hein ? J'y réfléchissais.

Delilah hocha la tête en levant une main, caressant l'un de mes sourcils avec ses doigts.

— Je sais que tu as évité le sujet parce que j'étais occupée avec mon père, et je t'en remercie. Mais je t'aime, et je veux être avec toi. Il y a beaucoup plus de choses dans ta vie en Alaska que dans ma vie ici, et j'adore l'Alaska. L'été après qu'on s'est rencontrés en colo, je n'ai cessé de me dire que ce serait tellement cool d'y vivre. Maintenant, je peux.

— Tu es sûre que tu veux prendre cette décision maintenant ?

Je n'arrivais pas vraiment à croire que Delilah avançait déjà vers l'avant comme ça. J'avais fait tellement attention à ne pas lui mettre la pression.

Ses lèvres s'arrondirent en un sourire.

— Oui, Alex. Je suis sûre. Ce n'est pas comme si je n'avais pas eu le temps d'y réfléchir. Ce n'est pas une décision difficile. Ce sera bien plus difficile de décider où faire mon internat, même si je penche pour le cabinet de Charlie.

— Je t'aime, murmurai-je en la tirant sur mes genoux pour la tenir dans mes bras.

ÉPILOGUE
Delilah

Décembre

Je regardai par la fenêtre de l'avion vers la chaine de montagnes Kenai couverte de neige, les sommets apparaissant sombres face au ciel bleu de l'hiver. Alors que l'avion descendait vers le sol, je voyais une seule autoroute sinueuse qui se dirigeait vers la péninsule de Kenai.

Mon pouls s'accéléra peu de temps après quand on atterrit avec une vibration grave et un petit choc. J'étais impatiente de voir Alex. Quelques minutes plus tard, je le vis en train de m'attendre, ses cheveux bruns tout ébouriffés et une barbe de quelques jours sur sa mâchoire carrée.

Je n'étais pas la personne la plus romantique du monde. Mais j'aimais tellement Alex que passer tant de temps loin de lui avait vraiment été douloureux. Chaque minute qu'on arrivait à passer ensemble était un mirage, donc j'avais dit au revoir à Stolen Hearts Valley en montant dans cet avion. Mes amis allaient me manquer, mais je me dirigeais vers un nouveau départ.

Au moment où je le vis, je me mis à courir, lâchant mon sac quand il me prit dans ses bras. Des larmes chaudes me montèrent dans les yeux alors que ma joie explosait dans mon cœur. Il me serra fort et je déposai des baisers le long de son cou avant de me reculer pour embrasser son visage.

— Tu m'as manqué, m'exclamai-je.

— Je ne sais pas si j'ai pu te manquer autant que tu m'as manqué. Ça a été quatre longues semaines, murmura-t-il, écartant mes cheveux emmêlés de mon visage avant de s'immobiliser, son regard café soutenant le mien et en disant bien plus long que ses mots.

Il essuya une larme qui coula sur ma joue.

— Pourquoi tu pleures ?

Il posa ses lèvres sur les miennes pour un petit baiser avant de se reculer en attendant ma réponse.

— Je suis heureuse, c'est tout, tellement heureuse que ça me fait mal.

Un sourire étira sa bouche.

— Je suis *vraiment* heureux que tu sois là.

— Delilah ! appela une voix.

Lorsqu'Alex me posa au sol, il garda un bras fermement autour de moi. En regardant par-dessus mon épaule, je vis Holly me faire signe. Nate lâcha un sourire et se pencha vers elle pour lui dire quelque chose à l'oreille.

— Tu as un comité d'accueil, dit Alex.

Il s'écarta pour attraper mon sac, cherchant immédiatement ma main avec sa main libre.

— Tu as quelque chose à récupérer sur le tapis des bagages en soute ?

Je secouai la tête, prenant une grande inspiration et soupirant lentement. Le soulagement que je ressentais sur le fait d'être enfin ici était mêlé à une joie immense, et un sentiment d'être enfin chez moi résonna dans tout mon corps.

— J'ai presque tout envoyé par la poste. Ça devrait arriver dans deux ou trois jours, répondis-je.

Quelques heures plus tard, je sortis dans une nuit enneigée sur le balcon devant notre chambre. Un sapin de Noël brillait dans le noir derrière la station de ski. J'avais accepté les deux semaines gratuites que Marley m'avait offertes à l'hôtel après le petit problème de l'année dernière. Alex s'arrêta devant moi, se retournant et me regardant.

— Joyeux Noël, dit-il simplement.

Mon cœur serra et il me prit dans ses bras. Je me cognai contre son corps, savourant la chaleur et la force qu'il dégageait alors qu'il passait ses bras sur ma taille.

— Je te promets que tu vas adorer l'Alaska, murmura-t-il.

— Je n'ai pas peur.

Et c'était vrai.

— On n'a jamais décidé si on faisait des cadeaux de Noël ou non.

Je penchai la tête en arrière pour le regarder dans les yeux, tandis qu'une neige froide tombait délicatement du ciel et atterrissait sur mes joues.

— C'est toi mon cadeau de Noël, murmura-t-il juste avant de poser ses lèvres sur les miennes.

Inscrivez à ma newsletter ! Ça fait quelques années qu'Amelia et Cade se sont retrouvés dans Brûle Pour Moi, livre 1 dans Au Cœur des Flammes Série. Profitez de cette tranche de vie, tirée de leur avenir.

Cette scène n'est disponible que pour les abonnés à la newsletter. Cliquez sur le lien ci-dessous.

Brûle Pour Moi - Scène Bonus

Ou inscrivez-vous à ma newsletter directement ici : https://jh-croix.ck.page/45405038d4

Découvrez ma prochaine série - romance sportive torride ! Le Match, Les Romances des British Boys L'histoire de Liam et Olivia est torride, interdite et amusante !
1-click: Le Match

À PROPOS DE L'AUTEUR

J.H. Croix est une auteur sur la liste des meilleures ventes USA Today, elle vit dans le Maine avec son mari et leurs deux chiens gâtés. Croix écrit des romances contemporaines à couper le souffle avec des femmes fortes et des hommes alphas qui n'ont pas peur de montrer leurs émotions. Son amour des petites villes et des personnages qui y vivent habite sa prose. Baladez-vous dans les folles romances de ses bestsellers!

jhcroixauthor.com
jhcroix@jhcroix.com

www.ingramcontent.com/pod-product-compliance
Lightning Source LLC
LaVergne TN
LVHW021047100526
838202LV00079B/4601